LES AGENTS SECRETS
DE LA COUR DE RÉCRÉ

PHILIPPE ARNAUD

LES AGENTS SECRETS DE LA COUR DE RÉCRÉ

Illustrations de
Gaël Henry

Pépix
ÉDITIONS SARBACANE

LA GALERIE DE PERSONNAGES

Donald Jones

Rector Jones

Edgar

Cripply

1

– Rouillard, au tableau. On va se distraire un peu.

Voilà la phrase toute bête qui a tout déclenché. C'était un jour comme les autres, le dernier de ma vie « normale », et j'y pense parfois avec nostalgie. J'attendais tranquillement que le cours de SVT de Monsieur Plantefolle se termine.

En SVT, j'appliquais cette année-là la tactique appelée (par moi) **PÉTRIFICTOR**. Avec les profs comme Plantefolle, de l'espèce teigneuse, faire le malin est voué à de nombreux désagréments : mots sur le carnet, heures de colle, entretiens avec le principal... Or, il se trouve que mes parents sont ridiculement susceptibles avec ces petits incidents. Ils vont jusqu'à assaisonner mes heures de colle de quelques « TIM » gratinés.

Les TIM ? Travaux d'Intérêt Ménager.

– Tu as *encore* pris deux heures ? Très bien mon grand, tu me feras un TIM en prime. Vois ta mère pour les modalités d'application.

(C'est l'humour de mon père. Ne souriez pas, ça fait douze ans que je vis avec, j'ai cessé d'en rire depuis dix.)

PÉTRIFICTOR, donc : se mettre en position rigoureusement immobile, les yeux bien ouverts, en fixant le tableau sans ciller. (Euh… OK, j'avoue : une heure sans ciller, c'est balèze. Disons, ciller seulement quand l'ennemi a le dos tourné.)

Cette tactique fonctionne très bien sur Plantefolle, ce dernier étant de cette variété très répandue de profs qui confondent immobilité et concentration. L'avantage, c'est que ça laisse l'esprit libre pour penser aux vacances, aux fêtes foraines, à Mélanie (Mélanie, premier rang, cheveux blonds bouclés; quand elle se retourne, son regard bleu azur te transporte bien loin de Plantefolle… Hélas, tu ne peux pas lui faire passer des petits mots ni lui balancer des boulettes pour qu'elle se retourne, souviens-toi : tu es en plein **PÉTRIFICTOR**).

– Allez, Rouillard, un peu de courage. Vous étiez moins timide lorsqu'il s'agissait de ricaner avec votre voisin Grolec.

Grolec et Rouillard me touchent. Rouillard le timide et Grolec le bègue. Tout le monde se moque d'eux et, à la récré, ils font bloc. Je doute fort que Rouillard ait ricané; il a juste dû échanger quelques mots rapides avec Grolec, vu que dans le cours de Plantefolle, parler est parfois le seul moyen de survivre. À sa manière, ce type un magicien: il transforme tout ce qu'il touche en ennui mortel. *Harry Potter* lu par lui se métamorphoserait en annuaire téléphonique.

Physiquement, ce prof ressemble étonnamment à une caricature de savant fou – blouse blanche inamovible, cheveux blancs frisottés en désordre, grande carcasse maigre. Mais jamais drôle: regard menaçant, sourcils froncés de naissance, rictus sarcastique et cinglant... Un tueur de sang-froid.

– Vous allez me dessiner les planètes de notre système solaire, mon brave Rouillard, en respectant à peu près les proportions et les distances.

– Les distances à partir d'où, Monsieur?

Ça, c'est moi. J'ai posé la question sans lever le doigt, façon kamikaze. Banzaï! Et forcément, mon **PÉTRIFICTOR** a volé en éclats. Pas eu le cœur de laisser Rouillard se faire massacrer. Je suis trop sensible, ça me perdra.

– Alexandre Blecarovitch. Évidemment. Et que signifie cette question stupide ?

– Pour ce qui est des distances, Monsieur, tout dépend où on se trouve.

– Sur Terre, Blecarovitch, sur Terre, et je dois bien souvent me charger de vous y faire revenir quand vous délirez. C'est même l'essentiel de mon travail, pour tout dire. Taisez-vous, maintenant.

(Une précision, puisque j'en vois qui ricanent à cause de mon nom de famille : cette année-là, quelques collégiens m'avaient attribué le diminutif affectueux de « Blaireau-caniche ». Rapport aussi à ma taille, car je ne dépasse pas les 1m50. Eh bien, sachez qu'ils ont renoncé au diminutif une fois que j'ai eu diminué d'une unité la dentition de l'un d'eux. Je suis assez bon avec ce genre de soustraction. Me fais-je comprendre ?)

– Oui mais *où*, sur Terre ? Parce que pour un Vénézuélien ou pour nous, ce ne sera pas pareil.

On a senti comme un flottement dans l'air. Rouillard, au tableau, appliquait à contretemps la **PÉTRIFICTOR ATTITUDE**. Les autres, comment dire… En un mot : ils ricanaient.

– Bon, ça suffit, Blecarovitch. Chez le principal ! Vous y serez accueilli selon vos mérites, comme d'habitude.

– Oui, Monsieur. Mais le délégué doit m'accompagner. C'est écrit dans le règlement intérieur, Monsieur.

– Vous pensez me l'apprendre, peut-être ?

– Non Monsieur, mais… les délégués sont en heure de formation des délégués. Et la première suppléante est absente. Donc, selon le règlement, c'est le suppléant restant qui doit m'escorter chez le principal.

– Eh bien, qu'il vous accompagne ! Qui est-ce, déjà ?

– C'est Rouillard, Monsieur.

Et voilà le travail. Sous vos applaudissements.

Je n'imaginais pas, à ce moment, que j'avais atteint depuis un moment le nombre d'infractions scolaires qui déclenche automatiquement l'alerte du CIP. D'ailleurs, je ne savais pas plus que vous ce qu'est le CIP.

Ma petite vie tranquille allait s'achever quelques minutes plus tard et, pour l'instant, je ne m'en doutais pas le moins du monde.

2

J'étais assez satisfait de l'exfiltration réussie du soldat Rouillard. Le principal, Monsieur Labrosse, un gros chauve rondouillard, a levé les yeux au ciel en me voyant franchir la porte, face à son bureau comme d'habitude.

Labrousse n'engueulait pas, il se *lamentait*, sur le mode : « Qu'allons-nous faire de vous », sans jamais prendre de vraies sanctions.

Un mou.

Un velléitaire pusillanime (Ah oui, autant te prévenir tout de suite : j'adore les vieux mots, leurs sonorités bizarres, tout ça.). Bref, aucune autorité, ce gars-là, me disais-je.

Fatale erreur.

– Alexandre Blecarovich… Trois jours sans vous voir, je commençais à m'inquiéter.

– Eh bien, je vous rassure, Monsieur, je suis en pleine forme. Aujourd'hui, je vous propose d'assurer la discussion tout seul, pour vous éviter cette peine. Je connais le topo par cœur. Voilà : « *Blecarovitch, que va-t-on faire de vous ? L'outrecuidance irrespectueuse et systématique dont vous faites preuve à l'égard des professeurs émérites du collège blablabla, votre insondable arrogance blablabla, nous conduire à envisager des sanctions blablabla, vous auriez pourtant les capacités, il vous suffirait blablabla, enfin qu'est-ce qu'ils vous ont fait ?* »

Mais c'est là…

… qu'il a souri. Ça m'a surpris.

– Pas mal. Mais cette fois, on va se renouveler un peu, cher ami. J'ajouterai, après le mot « *outrecuidance* » (joli, d'ailleurs) : « *de crétin satisfait* ». Parfaitement. Et savez-vous pourquoi ? Parce que **1** juger et affronter ses professeurs sans rien savoir d'eux n'est exceptionnel que par l'absence de réflexion que cela implique ; **2** il se trouve que vous êtes viré, Blecarovich, ce qui me permet de vous dire enfin ce que je pense de vous. Du moins, en partie. Le reste, quelqu'un d'autre s'en chargera. Allez, ouste. Dehors. J'appellerai vos parents plus tard.

Oups.

Ça, je ne l'avais pas anticipé. J'avais en effet sous-estimé l'ennemi ! Instantanément, j'ai vu un repas fort indigeste se profiler à l'horizon : dispute familiale en entrée, nouveau collège en plat de résistance, et une tonne de TIM pour le dessert.

Comme je m'apprêtais à sortir, nettement moins glorieux que je n'étais entré, j'ai entendu la voix de Labrosse s'élever derrière moi.

– Non, pas cette porte-là. L'autre.

– Mais il n'y a pas d'...

Pour la deuxième fois en une minute, il m'a stupéfié. En me retournant, j'ai bien vu une porte dans son dos, entre les deux bibliothèques. Les *deux* bibliothèques ?? J'avais passé suffisamment de temps dans ce bureau pour savoir qu'il n'y en avait qu'une, qui couvrait tout le mur du fond... Or là, elle s'était séparée en deux parties, et une porte apparaissait au milieu !

Une réplique parfaite de l'autre, avec la même poignée jaune en plastique bas de gamme. Qu'est-ce... ???

– Mais d'où sort cette porte ?

Labrosse a levé la tête du mot qu'il était en train d'écrire et m'a regardé comme si j'étais dérangé du ciboulot.

(Quand j'y pense, quel acteur ! Je n'aurais pas imaginé un seul instant qu'il sache aussi bien jouer la comédie.)

– Vous êtes souffrant, Alexandre ? Ne vous inquiétez pas : notre belle institution ne vous laissera pas tomber. Vous allez voir du pays.

Pourquoi n'ai-je pas prêté attention au sourire inquiétant qu'il a eu à ce moment-là ? Pourquoi ai-je continué à le prendre pour un imbécile ? Pourquoi n'ai-je pas noté l'absence totale de lumière derrière la porte, alors qu'elle aurait dû logiquement donner sur l'extérieur et qu'on était en début d'après-midi ?

En repensant à tout cela, je peux répondre en partie à ces questions : j'étais un peu trop content de moi. Un peu trop confiant dans mes capacités de « super-cancre ». Le genre de cancre qui obtient les meilleures notes de la classe mais reste un rebelle quoi qu'il arrive.

J'ai fait le tour du bureau de Labrosse, concentré sur l'air détaché et indifférent que j'entendais lui offrir en guise d'adieu, puis je lui ai adressé un grand sourire en passant le seuil, sans regarder devant moi.

Et je suis tombé dans le vide.

3

C'est un matelas qui a amorti ma chute – et interrompu mon cri.

Quand je me suis relevé, un grand bonhomme chauve se dressait devant moi, m'éclairant à l'aide de son smartphone. Il s'est incliné comme les domestiques dans les films. D'ailleurs, il était habillé en domestique.

En le regardant mieux, je lui ai trouvé une ressemblance curieuse avec le majordome des *Aristochats*, que ma mère m'avait infligé à moult reprises entre 6 et 8 ans sous prétexte qu'il y avait du jazz et que c'était bon d'éduquer mon oreille.

Comment s'appelait-il, déjà ? Ah oui, Edgar. La même veste noire à queue-de-pie. Un nœud papillon en plus.

– Monsieur Blecarovich. J'étais impatient de faire votre connaissance. Je vous présente mes excuses pour l'inconfort de cette, disons, *transition*. Si vous voulez bien me suivre…

– Attendez, mais on est où, là ? Vous êtes qui ?

– Nous nous trouvons actuellement sous le collège, Monsieur ; n'ayez aucune inquiétude. Je vous emmène au-dehors.

– Je ne vous ai jamais vu… D'où sortez-vous ? Vous êtes un surveillant ?

– En quelque sorte, oui. Disons cela : un surveillant. Appelez-moi Edgar.

Non ?? Trop fort.

– Ou James, comme vous voudrez. Allons, venez : il arrive que des rats se promènent par ici, et ils sont un peu affamés.

Labrosse m'avait donc balancé dans un trou à rats. Le rondouillard insignifiant était en réalité un effrayant psychopathe ! J'avoue : j'ai un peu tremblé.

J'ai suivi le majordome. Quand on est sortis du souterrain, on a débouché sur un terrain vague situé derrière le collège, que je connaissais par cœur. J'y avais passé pas mal d'après-midis, parfois avec des potes, parfois tout seul. Il y avait des cailloux parfaits pour viser les vitres du collège (même si nos petits bras manquaient de puissance pour les atteindre. De toute façon, c'était pour rire), des flaques de boue idéales pour une bataille bien dégueu, et des planches de bois qui servaient à fabriquer des parties de cabane.

En revanche, je n'y avais jamais vu d'avion.

Or, il y en avait un, cette fois. Un jet. Un jet tout blanc, avec sept hublots de chaque côté. Il n'y avait aucune inscription dessus, le moteur faisait un bruit à peine perceptible, comme un bourdonnement.

Edgar – ou James – bon, disons « Edgar James » – a souri en remarquant ma bouche béante de stupeur.

– Une escapade de rien du tout, soyez tranquille. Vous serez rentré pour dîner, Monsieur, si c'est votre désir.

– Ça va à quelle vitesse, ce truc ?

– Ça peut monter à Mach 1.5 en cas d'urgence. 1 600 km/h si vous préférez, Monsieur. À présent, si vous voulez vous donner la peine de monter…

Un jet privé supersonique, comme dans les films d'espions ! Un vrai !

Je me suis donné la peine.

4

Autant te dire que le vol a été beaucoup trop court à mon goût. À l'intérieur, j'ai dû rester attaché pour raisons de sécurité. E.J. (au décollage je lui ai dit que je l'appellerais comme ça, « E.J. ». « Comme il vous plaira, Monsieur. » Il me plaît, mon bon) n'a pas voulu me laisser voir la cabine de pilotage. Je me suis consolé avec la fontaine de sodas à la gauche de mon siège en cuir, le distributeur de mini-viennoiseries à droite, et l'écran de télé en face.

Au bout de quelques minutes, je me suis dit que je devais rêver. Mais j'ai eu beau me pincer, pas de réveil. J'ai fini par m'inquiéter.

– E.J., ça ressemble quand même beaucoup à un kidnapping, cette histoire.

Il a souri.

– Je vous l'accorde. Mais ce serait un mauvais calcul de notre part, Monsieur : peu de gens pourraient payer une rançon équivalente à ce que coûte une heure de vol sur cet appareil. Tranquillisez-vous. Nous sommes presque arrivés.

Effectivement, dix minutes plus tard, il m'a fait descendre de l'avion. On avait atterri dans la cour d'un château… bizarre. Il était rectangulaire, avec trois tours – jusque-là, rien de spécial. Seulement, les fenêtres étaient placées n'importe comment sur la façade, à des hauteurs variables… Certaines étaient rondes, d'autres carrées, d'autres, euh, de forme non identifiable !

– Dites donc, E.J., il a abusé des drogues dures, l'architecte de ce château ?

E.J. a souri en me guidant sur un pont-levis, puis à travers une cour intérieure carrée.

– Disons que la construction s'est poursuivie sur plusieurs siècles, Monsieur. Et les propriétaires successifs souhaitaient disposer de cachettes en grand nombre.

– C'étaient des célébrités, les propriétaires successifs ?

– C'est Henry VIII qui a fait bâtir le château. Vous savez, « Barbe bleue » ? C'est lui. Il a reproduit, à l'origine, le château d'un de ses ancêtres du 11e siècle. Quant à ses successeurs, c'étaient des gens peu recommandables qui ne souhaitaient pas laisser leur véritable nom sur l'acte de propriété. En majorité des tueurs en série. Il semble bien que Jack l'Éventreur ait été l'un d'eux, d'ailleurs. Amusant, non ?

Je me suis arrêté net. Amusant ?? Il était sérieux ?? E.J. venait de me débiter ça avec une tranquillité tout à fait inquiétante. Et le propriétaire actuel, il mangeait les enfants ??

– Je vous rassure, l'homme vers qui je vous conduis est bien différent. Il est même tout le contraire.

E.J. m'a fait monter un large escalier de pierre en colimaçon orné de dizaines de tableaux. Pas besoin d'être très observateur pour remarquer, sur le mur de droite, des blocs de briques disjoints des autres… J'ai cru bon de faire le malin :

– C'est plein de portes secrètes, votre escalier.

– Je vous déconseille d'y toucher : c'est un piège à curieux. Ces entrées donnent directement sur les oubliettes. Un pas de ce côté et vous vous retrouvez quinze mètres plus bas. En revanche, certaines pierres de l'escalier, lorsque vous appuyez dessus, ouvrent en effet sur des galeries et des cavités dissimulées derrière les tableaux.

E.J. m'a laissé dans une salle immense, avec des tapisseries aux murs, et un bric-à-brac de chaises, de vieux bibelots de luxe, une grande table en bois massif et une énorme cheminée au fond.

– Je viens vous chercher tout de suite, Monsieur Blecarovich. Le temps d'annoncer votre arrivée.

Annoncer… à qui ?

À la porte du château, j'avais juste remarqué une plaque portant l'inscription « CENTRE D'INVESTIGATION PÉDAGOGIQUE », et en dessous : « **Accès réservé aux membres** ». Ça ne m'avançait pas beaucoup…

En attendant d'avoir la réponse à mes nombreuses questions, j'ai fait les cent pas. Mon portable ne passait pas, impossible de prévenir mes parents. Si Labrosse les avait appelés, ils devaient se demander où j'étais…

– Salut, moi c'est Julie !

J'ai fait un bond en arrière, cogné la table et failli tomber. Wow. Plongé dans mes pensées, je n'avais absolument pas vu cette fille, qui me regardait, les mains fourrées dans les poches de son blouson.

Ça l'a fait rire. Elle était aussi petite que moi, mais j'ai tout de suite senti qu'on avait le même âge. Pas trop mon type, mais gravement jolie. J'ai appris en la voyant que les métisses pouvaient avoir des taches de rousseur. Et également qu'il existait encore, au 21e siècle, des mères qui imposaient les couettes à leurs filles.

(Des couettes avec des cheveux crépus ? *T'es sérieuse, maman de Julie ?* ai-je pensé. Euh, bon, en fait, j'avais tout faux : Julie porte toujours fièrement ses couettes relevées en arrière, et elle a bien raison : ça lui fait comme une auréole.)

Elle m'a fait un signe du menton.

– Tu as une idée de ce qu'on fait ici, garçon ?

– Euh, non. J'étais dans mon collège, je me suis fait virer, et là j'ai ouvert une porte que j'avais jamais vue et…

– … tu es tombé !

– Comment tu le sais ?

– Parce que c'est exactement pareil pour moi, cher… Cher qui, au fait ?

– Alexandre. « Al », ça me va.

– OK, Al. Et donc, je me suis installée et je t'ai vu arriver avec un bonhomme en tenue de domestique. Celui qui m'a amenée ici lui ressemblait comme deux gouttes d'eau. Il m'a dit : « Nous attendons encore un invité. Il ne devrait plus tarder ».

– Mmmmh. Je suppose que c'est moi l'invité, et…

– Voilà, tout est prêt ! Si vous voulez vous donner la peine…

Encore un sursaut, double cette fois-ci. On a même poussé un petit cri parfaitement synchrone.

E.J. avait surgi dans un silence parfait. Il était adossé à la cheminée.

Alors qu'on prenait la direction de l'entrée, il nous a refait le coup de Labrosse :

– Nous allons utiliser ce passage, ce sera plus simple.

On s'est retournés : le fond de la cheminée s'était ouvert. Évidemment, il avait actionné un truc pendant qu'on ne regardait pas.

– Ah non, E.J. !

– On y a déjà eu droit…

– … à ce truc-là…

La suite, on l'a dite ensemble sans se concerter :

– Et je préfère les portes, en fait.

À l'unisson. On s'est regardés, stupéfaits.

E.J. a souri.

– Déjà complices, je vois. C'est très bien. Pas de chute ici, ne vous inquiétez pas. D'ailleurs je passe devant, suivez-moi.

Que faire d'autre ?

5

E.J a éclairé le passage avec son smartphone. Au bout de trente mètres, on a grimpé une dizaine de marches et on s'est retrouvés dans une pièce sans fenêtre et sans autre ouverture que la porte qu'on venait de franchir.

Au fond de la salle, assis derrière son bureau, il y avait un bonhomme chauve et tout voûté. Et très vieux. Vieille veste en velours, vieilles lunettes à double foyer, vieux sourcils en broussaille… Plus vieux, tu vires momie égyptienne dans son sarcophage.

Derrière lui, un mur d'écrans. Je dis bien : un mur.

– Il y en a 78.

Julie m'a agacé. Elle comptait plus vite que moi, et en plus elle semblait lire dans mes pensées.

– Non, 81, j'ai dit. 9 à l'horizontale, 9 à la verticale.

– Non, regarde mieux : celui du milieu en contient quatre. 78.

Il était donc écrit que je passerais cette journée à prendre des leçons d'humilité. Ça m'a gonflé. Et comme je n'avais plus E.J. sous la main (il était déjà reparti, sans un bruit), c'est le vieux débris qui a pris :

– Bon, on peut avoir des explications ? Vous voulez qu'on se rapproche, peut-être ? À votre âge, on a souvent des problèmes d'audition…

Il a souri. Encore un que je n'arrivais pas à faire sortir de ses gonds ! *Journée de* , me suis-je dit.

– Ce ne sera pas nécessaire, a-t-il répondu. Asseyez-vous donc.

Il avait un accent anglais assez marqué.

– Plutôt que de vous infliger un long discours, je vais vous montrer quelque chose.

Il a pressé un bouton dissimulé dans son bureau. Les écrans se sont allumés sur… 78 cauchemars. À glacer le sang. Une salle de torture – enfin, de classe – démultipliée.

Oui. Nous avions sous les yeux 78 salles de classe, filmées apparemment dans le monde entier. Il y a eu un petit « clic », et elles ont cédé la place à 78 autres. Puis un autre clic… ça n'arrêtait pas de défiler. Les élèves étaient de toutes les couleurs, les salles de toutes les tailles, les tables tour à tour récentes ou vermoulues (parfois, il n'y en avait même pas).

Au bout d'une minute il a pressé le bouton, tout s'est arrêté et il s'est retourné vers nous avec un petit soupir satisfait.

– Impressionnant, n'est-il pas ? Moi-même, après toutes ces années passées ici, ça me fascine encore.

Julie a réagi avant moi.

– Ma mère m'a appris qu'on devait toujours se présenter quand on rencontre quelqu'un. Vous comptez le faire ou pas ?

– Mais bien sûr, ma chère Julie. Pardonnez-moi. Mon nom est Jones. Donald Jones.

À cet instant, j'ai enfin retrouvé l'usage de mes cordes vocales.

– OK, Monsieur Jones. Qu'est-ce qu'on fiche ici ?

– Nous vous avons choisis, tous les deux. Vos collèges respectifs, voyez-vous, font partie d'un réseau secret qui est en lien avec mon organisation, le CIP. Autant vous le dire tout de suite, votre arrivée ici est programmée depuis plusieurs semaines.

– Hmmm… Ça ne tient pas la route, votre histoire. La porte fantôme de mon collège, je l'ai ouverte parce que j'ai été viré aujourd'hui même.

– C'est exact, Alexandre, tout à fait exact. Mais si je vous disais que votre professeur, Monsieur Plantefolle, agissait sur le conseil amical du directeur, Monsieur Labrosse ? Que c'est Labrosse, d'ailleurs, qui lui a suggéré d'humilier votre camarade Rouillard, parce qu'il savait que cela vous ferait réagir comme vous l'avez fait ? Et que la réunion des délégués avait été organisée tout exprès à ce moment-là pour vous donner l'idée de ce… « sauvetage » ?

– Mais… Mais…

– Monsieur Labrosse est un de nos recruteurs, cher ami. Et il a détecté depuis longtemps votre potentiel. Même histoire pour vous, Julie, et même timing. Nous avons pour principe de recruter les nouveaux équipiers du CIP par deux. Afin de leur permettre de synchroniser leur formation. Cela renforce leur complicité.

On s'est regardés. Julie n'avait même pas besoin de formuler ce qu'elle pensait : ce type était un fou.

Mais un fou bien informé, en revanche, ce qui nous a laissés perplexes.

Elle a pris le relais :

– Monsieur Jones, expliquez-vous un peu mieux. On est recrutés par qui, pour quoi ? Et d'abord, c'est quoi, le CIP ?

– Nous y voilà, ma chère amie. Vous vous souvenez avoir franchi quelques marches pour arriver ici ? C'est que nous sommes dans un entresol. Entre deux étages. Ici, pas de fenêtre, pas de point de repère possible – on raffolait de ces escaliers dérobés, dans les vieux châteaux. Bref. Cet endroit convient parfaitement aux activités un peu « particulières » du Centre d'Investigation Pédagogique. Nous voulons vous employer comme agents, Julie. Agents secrets.

6

Pour la première fois de ma vie, j'ai amèrement regretté d'avoir fait l'imbécile en classe. Si je m'en étais tenu au **PÉTRIFICTOR**, je serais en train de consoler Rouillard, à l'heure qu'il est, au lieu d'écouter le discours délirant d'un dangereux kidnappeur en pleine démence sénile.

Pendant que je me lamentais intérieurement, Julie s'est mise en colère :

– Bon ! Ça suffit maintenant, Monsieur Donald je ne sais quoi ! J'ai déjà assez de problèmes dans la vie avec mon nom chelou, ma…

– Ah, toi aussi ? j'ai dit. C'est quoi, ton nom ?

– Quand je parle, tu ne m'interromps pas, Al !! Je disais : avec ma taille rikiki et ma peau zarbi. Et je n'ai pas à supporter, en plus, qu'un vieux machin se foute de moi.

Le vieux a pris son temps avant de répondre.

– N'avez-vous jamais rêvé de *revanche*, Julie ?

Il ne nous regardait plus. Il fixait les écrans qu'il venait de rallumer, tout rêveur.

– Il se trouve, ma chère, qu'après avoir été élevé par mon oncle et ma tante, j'ai très vite été placé en pension au Pays de Galles. Je connais bien ce sentiment profond d'injustice qui vous habite, cette colère contre le comportement des adultes, les brimades et les mauvais traitements qu'ils infligent aux plus faibles... Je connais aussi, comme vous, le sentiment d'impuissance qui accompagne cette colère. Quant à vous, Alexandre, vous avez beau rouler des mécaniques en classe, vous y êtes tout aussi sensible.

On s'est regardés. Ce pépé était extralucide. Évidemment qu'on avait la rage, tous les deux ! Quand tu es trop petit pour ton âge, ou trop moche, ou bizarre, il vaut mieux l'avoir, pour survivre à ce qu'on appelle « la récréation ». Et à ce qui se passe avant comme après.

À ce moment, le vieux s'est redressé. Il ne souriait plus du tout. Il avait l'air du type que rien ni personne ne peut détourner de son chemin. Droit comme un « i », Donald Jones a planté ses poings sur son bureau, s'est penché vers nous, a froncé les sourcils, et le masque du doux rêveur fêlé du ciboulot est tombé.

Cet homme était une machine de guerre. Et il avait des comptes à régler.

– Ne réduisez pas le CIP à une farce de vieil imbécile, Mademoiselle. Vous me mettriez en colère. Mon oncle était un éducateur redoutable, violent, mais honnête ; il a habilement géré la fortune de mes parents, dont j'avais hérité suite à l'accident de voiture qui les a tués. Devenu adulte, j'ai changé d'identité, et j'ai mis en place… tout cela. Une centaine d'enfants agents, de différents âges et pays, recrutés avec soin et patience. Leur terrain d'intervention : les salles de classe. Toutes. Partout. Leur mission : protéger, secourir les faibles, combattre les injustices. *Toutes* les injustices. Vu ce que j'ai enduré quand j'étais enfant, je pense être un expert en la matière. Et je rêve d'un monde où tous les élèves pourraient apprendre sans être maltraités. Qu'ils soient doués ou pas, timides ou pas, « populaires » ou pas. Je veux *chasser* la violence de l'école ! Vos cibles ? Les horribles harceleurs, les méchants moqueurs, les terrifiants traumatiseurs ; en un mot, tous ceux, élèves ou enseignants, qui usent de leur force ou de leur pouvoir aux dépens d'un plus faible. Votre rôle, si vous l'acceptez, je vais maintenant vous l'expliquer. Écoutez-moi bien…

– Et si on refuse ?

Julie avait encore parlé (et pensé) plus vite que moi. Décidément, j'aurais mieux fait de rester au lit ce matin-là : tout était exaspérant.

C'était elle qui avait parlé, mais c'est moi que Jones a regardé quand il a répondu :

– Restez calme, mon cher Al – vous préférez qu'on vous appelle comme ça, je crois ? Vous n'êtes pas au bout de vos surprises avec Julie.

Bon sang, mais quel était le secret de cet énergumène télépathe ?!

Il a tourné les yeux vers Julie :

– Si vous refusez, ma chère, c'est très simple : nous vous administrons une petite injection indolore pour vous faire oublier ce qui s'est passé aujourd'hui (et *seulement aujourd'hui*, rassurez-vous), puis on vous redépose dans la cour de vos collèges respectifs. Mais je serais surpris, après avoir passé des mois à vous observer, que vous ne soyez pas intéressés par le travail que je veux vous confier…

BONUS N°1

QUEL CANCRE ES-TU ?

CHOISI POUR CHAQUE
RUBRIQUE LA PROPOSITION
QUI TE RESSEMBLE LE PLUS !

RÉSULTATS APRÈS LE TEST...

(A) TA POSTURE EN COURS…

1 Droit comme un i, le stylo bien arrimé dans la main et le regard vissé au tableau.

2 Le coude gauche sur le bureau, le bras droit en dessous, en train d'envoyer des sms d'une main en t'arrêtant parfois pour prendre des notes.

3 Dans l'attitude la plus **PÉTRIFICTOR** possible, dormant les yeux grands ouverts.

(B) LE MARDI MATIN, DE 9 HEURES À 10 HEURES, TU ES ATTENTIF…

1 Toute l'heure : maths, français, EPS, tout t'intéresse.

2 Disons vingt minutes en français. En EPS, moins. Et en maths… faut voir.

3 De 9 heures à 9 h 05 (le temps de sortir les affaires), puis de 9 h 55 à 10 heures, juste avant la récré (pour le compte à rebours : *3, 2, 1, sorteeeeez* !!!)

(C) LA COULEUR DES CHEVEUX DE TON/ TA PROF DE FRANÇAIS EST…

1 Aucune idée, je suis trop attentif à ce qu'il /elle raconte.

2 Ringarde – le chignon, ça manque vraiment de classe.

3 Le français ? Ah zut, je ne sais plus qui c'est.

(D) TON/TA PROF DE MATHS T'ENVOIE RÉSOUDRE UNE ÉQUATION AU TABLEAU…

1 Ton feutre fait deux triples saltos, tu noircis le tableau en trente secondes sous les applaudissements de la classe.

2 Tu es trèèès attentif au chuchotement de ton copain Billy, premier rang gauche, qui te souffle les solutions. Tu t'en sors à peu près, avec son aide.

3 Ah non mais moi, M'sieur, les X et les Y, c'est comme au scrabble avec mon grand-père : je sais jamais quoi en faire.

(E) CONTRÔLE D'HISTOIRE…

1 YES ! C'est ta cour de récré à toi, le contrôle d'Histoire ! Tel un Spiderman du passé, tu bondis de date en date, lançant des fils d'araignée entre la préhistoire et le 21e siècle. Sans élan.

2 Le problème avec les Rois, c'est qu'ils ont tous la même couronne, alors pour ne pas les confondre, hein…

3 Sérieux ? Il avait prévenu, le prof ? Sûr ?

(F) TU DOIS EXPLIQUER AU DIRECTEUR POURQUOI TU AS FRAPPÉ BILLY…

1 « Il essayait de me piquer mon goûter, M'sieur. En plus, Billy, il souffle tout le temps aux autres, c'est un malhonnête. »

2 « Je sais pas ce qui m'a pris, M'sieur. Je ne me souviens de rien. Juste que j'ai vu une grande lumière blanche, j'ai été aspiré par une soucoupe volante, et quand ils m'ont renvoyé dans la classe, Billy avait la joue rouge. Je suis désolé. »

3 « Écoutez, M'sieur, on ne va pas se raconter d'histoires. Un gosse de mon âge ne *peut pas* rester assis 8 heures par jour toute la semaine sans qu'il y ait de dommages collatéraux. Si le système scolaire nous inflige cette torture, il ne faut pas s'étonner qu'on ait envie de massacrer nos contemporains, ne serait-ce que pour imiter nos modèles, les profs ! C'est tombé sur Billy, le meilleur élève, le plus adapté, donc le plus résistant au supplice scolaire. Il vaut mieux que ce soit lui plutôt qu'un plus fragile. J'ai donc fait preuve, en choisissant Billy, d'un exemplaire sang-froid, dont vous pourriez me féliciter. Je trouve. »

RÉSULTATS

UNE MAJORITÉ DE 1 : Tu es un très mauvais cancre. Et tu n'as aucune aptitude te permettant de rêver seulement l'être un jour. Tu es insupportablement concentré, attentif, performant. Renonce tout de suite à ton souhait d'études en cancrologie ! Une réorientation est nécessaire.

UNE MAJORITÉ DE 2 : Tu fais quelques efforts (méritoires) pour être un cancre satisfaisant. Mais ta nature travailleuse reprend encore trop souvent le dessus. Être un cancre se mérite ; cela suppose des efforts de tous les instants – un instant de distraction et hop, une bonne réponse t'échappe. Ce n'est pas gagné…

UNE MAJORITÉ DE 3 : Tu es un cancre brillant. Tes performances dans ce domaine sont d'une régularité digne d'éloges. Le seul problème est que, dans ton secteur, il n'y a pas trop de débouchés. Il va falloir renoncer à ta vocation.

7

– Tu veux que je te raconte comment ils sont venus me chercher ?

Ce soir-là, après la discussion avec Donald Jones, on vient de recevoir notre contrat signé pour la « formation » à venir.

Et on n'a pas sommeil, Julie et moi. L'impression d'être entrés dans un territoire inconnu nous excite et nous effraie à la fois. Surtout, on a envie d'en découdre, de se battre enfin à armes égales contre les injustices ! On a un peu peur, et terriblement hâte en même temps. C'est un drôle de moment, quoi.

Il faut savoir que quand tu es recruté au CIP, on te fabrique une double vie. Évidemment. Tu crois que nos parents nous laisseraient jouer les agents secrets s'ils étaient au courant ? Ma mère, je peux te le dire, aurait étranglé Donald Jones dans un concert de hurlements si elle l'avait appris !

Mon ancien directeur, le père Labrosse, a donc convaincu mes parents de me laisser « en pension pour quelques mois, plus si nécessaire » loin de ma ville natale. « Dans un établissement pédagogiquement novateur, qui propose une mise entre parenthèses *totale* du lien familial afin de mieux faire sentir au jeune la nécessité de ce dernier ». Il parle bien, Labrosse. Il vendrait des après-ski à un cul-de-jatte en juillet sur la côte d'Azur.

Malgré nos sentiments contradictoires, je me sens de bonne humeur, parce que je viens de passer tout l'après-midi avec Julie (dis donc, toi, là, le lecteur, oui, toi qui ricanes, tu veux que je te corrige la dentition ?!). Je viens de lui narrer mes exploits avec Grolec et Rouillard, ça l'a fait sourire. Pas rire, non : à ce qu'on dirait, Julie ne rit presque jamais.

– Bien sûr que je veux que tu me racontes ! je réponds.

– OK. Cette année, de toute façon, je ne la sentais pas. Dès la rentrée, l'affaire m'a paru mal engagée. Une grosse majorité de profs relou – tu me diras, rien d'original là-dedans. Mais dans le lot, il y avait Monsieur Toucrassin. La terreur du collège. La veille de la rentrée, tous les élèves de 5e faisaient des prières : « *Pitié, tout mais pas lui, mon Dieu, mon Dieu, pas Toucrassin* ». Les autres profs, tu leur donnes des surnoms, des diminutifs, pas vrai ? Mais lui, personne, tu m'entends, **PERSONNE** n'osait.

Je me suis abstenu de tout commentaire, pour ne pas l'interrompre.

– En même temps, je dois avouer... quand j'ai su que notre prof de français serait Toucrassin, j'ai ressenti une vraie envie, malgré la peur, de me mesurer à cet ennemi de taille. Côté taille, il n'avait d'ailleurs rien d'impressionnant : 1m65 au jugé. Mais rien qu'à voir sa tête carrée et sa bouche pincée, tu sentais d'emblée le **VRAI** méchant.

– Je connais.

– Je m'en doute. Mais Toucrassin fait partie de la caste qu'on déteste le plus : les imprévisibles. Les coléreux, tu sens vite ce qui allume la mèche, tu peux t'organiser. Les hystériques, tu apprends à les maîtriser – c'est comme le rodéo : tu domptes la bête en la fatiguant petit à petit. Les calmes qui se contentent de distribuer les heures de colle comme pour entrer dans le *Guiness des records*, tu t'adaptes. Mais les imprévisibles… Avec Toucrassin, ça virait à l'orage en une seconde, puis les nuages disparaissaient comme par enchantement, puis ressurgissaient du chapeau.

– Et il le contrôlait, ça ?

– Évidemment. C'est bien pour ça qu'il était dangereux. Bon, les premiers temps, il m'a épargné ses réflexions sarcastiques à deux balles. J'étais juste visée parmi les autres, par les missiles collectifs du style « *Vous avez déjà essayé de remplir un violoncelle en urinant dedans ? C'est ce que je fais en m'efforçant de vous enseigner quelque chose* ». Rien de bien méchant : quand tout le monde est ciblé, personne ne trinque vraiment. Cela dit, ça plombe l'ambiance quand on dépasse le rythme des dix missiles par heure. Ce qui est la vitesse de croisière de Toucrassin. Et puis, un jour…

Un jour, Toucrassin a décidé de s'intéresser à mon cas.

– Dites-moi, jeunes gens, je m'aperçois avec stupeur que je n'ai envoyé personne au tableau depuis le début de l'année. C'est pourtant si formateur, à votre âge, de confronter son ignorance crasse à la bêtise des autres! Joignons donc l'utile au pathétique: Mademoiselle Julie, je vous prie.

Jusque-là, ça va. J'ai connu pire. J'évite même de lui demander pourquoi il donne toujours le prénom derrière « Mademoiselle » quand c'est une fille, alors que les gars de la classe ont droit à leur nom de famille derrière « Monsieur ». Pacifique attitude: je m'exécute.

Je le sens qui jubile. D'ailleurs, il se frotte les mains.

– Bien. Les autres, regardez attentivement le spécimen d'humanité que vous avez devant vous.

Petit signal d'alarme dans mon cerveau. Je connais bien le racisme, j'ai appris à le détecter très vite. Et je ne le **SUPPORTE** pas. Je passe mon temps à reprocher à ma mère sénégalaise son insupportable patience face aux regards, aux petites phrases, aux jugements des gens.

Au passage, je note que les autres semblent plus concentrés sur leur cahier que sur « le spécimen ». C'est déjà ça.

– Mademoiselle, vous allez écrire au tableau le sujet de la rédaction pour la semaine prochaine, et nous allons y réfléchir ensemble. Enfin, réfléchir... on peut rêver. C'est en tout cas un sujet de réflexion. Le voici: « Pourquoi le racisme existe-t-il? »

Bingo. Et comme par hasard, c'est moi qui dois écrire ce sujet-là au tableau… Ça commence à monter. Je pense à ma mère, qui me répète tout le temps : « *Fais-toi oublier Julie. S'il te plaît. Aide-moi. Pas de vagues* ». Je respire un grand coup et j'attends la suite.

– Qu'en pensez-vous, Mademoiselle ? À titre personnel ?

– Personnel ? Pourquoi, personnel ? Et pourquoi me posez-vous la question à moi et pas aux autres ?

BAM ! Grand coup du plat de la main sur le bureau. Il explose sans prévenir, se jette quasiment sur moi. Son visage est à vingt centimètres du mien, il brandit un index accusateur et tout prêt à rentrer dans ma narine si j'avance d'un centimètre.

– **PARCE QUE J'EN AI DÉCIDÉ AINSI. POUR QUI VOUS PRENEZ-VOUS ???**

Et il se rassoit tranquillement :

– Et pourquoi pas, d'ailleurs, ma chère ? (Ton soudain parfaitement doucereux.) Allez, nous vous écoutons.

Il attend, réjoui. Ma classe a beau être, globalement, de peau blanche, ce sadique avait quand même sous la main Farid, Kamel et Yacine, s'il cherchait des « spécimens » expérimentés. Il a préféré viser la fille.

Je regarde ladite classe. Les autres ne me seront d'aucun secours : ils cherchent seulement un moyen de disparaître – sous leur bureau, sous le sol, plus bas encore, au centre de la Terre. Il n'y a que mes copines Chloé et Charline qui me regardent. Désespérées, et soulagées de n'être pas à ma place.

Toucrassin, pendant ce temps, est déjà passé à l'Acte 2 de sa petite comédie – qui, contrairement aux apparences, n'est nullement improvisée.

– Alors ?... Aidez vos camarades à se poser les questions pertinentes sur ce sujet passionnant. Cette rédaction sera notée et aura un coefficient non négligeable dans la moyenne. Soyez un peu sympa avec eux !

– … parce que je suis censée avoir une expérience particulière en la matière ?

Et BING. Les bonnes résolutions de docilité, chez moi, c'est comme celles du Nouvel An : le 2 janvier au matin, elles sont oubliées. J'ai quand même essayé, pour Maman, de garder un ton neutre. Ou à peu près.

Toucrassin n'a pas répondu. Il s'est levé sans rien dire, a mis ses mains dans son dos, et là, écoute-moi bien : il a fait celui qui trébuche, a tournoyé sur lui-même et, en battant l'air, m'a violemment giflée avant de s'accrocher à l'auget ! (Tu sais, le bas du tableau blanc, là où on met les feutres).

Il y a eu dans la classe un silence comme je n'en avais jamais connu. Toucrassin a pris un air navré (zéro crédibilité) et il a dit :

– Je vous présente toutes mes excuses, Mademoiselle. J'ai trébuché, c'est tout à fait fâcheux. Je ne vous ai pas fait mal, j'espère ? Vous vous doutez bien que je ne vous aurais jamais frappée volontairement, c'est interdit…

Évidemment, personne ne le croyait – d'autant que son sourire radieux contredisait son discours navré. Et évidemment, il ne m'a pas pour autant renvoyée à ma place. Il a embrayé sur l'Acte 3, le bouquet final.

– Bien. Alors, les autres ? Nous attendons toujours vos brillantes idées sur cette question ô combien centrale… Eh bien ?… Y a-t-il des cerveaux dans la salle ? Non, apparemment.

Entre chaque phrase, il laissait flotter un petit silence, savourant ses effets.

Il a pourtant été perturbé par un léger imprévu, qui a pris la forme d'un sacrifice héroïque : Kamel a levé le doigt.

Toucrassin a eu une demi-seconde d'hésitation avant de s'abattre sur cette nouvelle proie.

– Monsieur Larbi. Une prise de parole, vous ? C'est la première de l'année… Espérons que vous maîtrisez mieux notre langue à l'oral qu'à l'écrit. Nous vous écoutons.

– C'est les préjugés, M'sieur.

– Hé bien non, espoir déçu, et je n'en suis pas surpris. Ce SONT, Larbi, ce SONT les préjugés. Vous avez pourtant eu le temps de la préparer, cette prise de parole, depuis dix minutes qu'on l'attend.

Il avait dit tout ça sur un ton parfaitement guilleret – il était évident que Kamel l'amusait beaucoup. Et puis, d'un seul coup, il a baissé la voix, comme s'il se mettait à parler d'un mal mystérieux, d'une maladie vraiment incurable…

– Mais dites-moi Larbi, on parle français, chez vous ? Dans le cas contraire, je m'en voudrais de vous humilier. Ce n'est pas facile de s'intégrer si, à la maison, vous n'entendez que votre patois. On va vous laisser tranquille. Puisque Mademoiselle Julie est au tableau, elle va répondre.

Kamel était rouge de colère, mais c'était un malin : il sentait le piège tendu, la grenade à demi-dégoupillée. Il s'est tu, non sans me jeter un regard navré.

À partir de là, je savais que Toucrassin ne me lâcherait plus. J'ai essayé de temporiser en restant silencieuse… sans illusions.

Et c'est là que, tout à son bouquet final, il a fait une grosse erreur : il s'est mis à appuyer sur mes cicatrices.

– Allons Mademoiselle, du courage. Je suis certain que vous avez une longue expérience de la discrimination, et que vous avez réfléchi à cette question. Vous avez eu à souffrir des moqueries de vos camarades, n'est-ce pas ?

Silence.

Je l'ai laissé venir, en veillant à rester im-pas-sible. Expression faciale « statue de marbre ». Je me suis mise en mode transparent.

– Allez, je vous aide. Pour commencer, vous n'êtes pas blanche blanche, si je puis dire.

– …

– Le métissage, ce n'est pas facile tous les jours… Au-delà du racisme pur, je suppose qu'on a dû aussi vous *taquiner* sur votre petite taille. Les enfants sont si impitoyables… Être aussi petite et s'appeler « Julie Lanène », c'est un peu une malédiction, non ?

Jusque-là, j'étais suspendu au récit de Julie. Mais quand j'ai découvert son nom de famille, j'avoue : j'ai éclaté de rire.

Et bien sûr, j'ai pris une baffe retentissante.

– Pardon Julie, j'ai murmuré, sonné. Ton nom m'a surpris, mais il n'y a pas de quoi rire. C'était stupide de ma part. Moi, ça ne m'a jamais fait rire quand on m'appelait « Blaireau-caniche », alors je te comprends.

– Blaireau-caniche ? Je retiens. Ça peut servir.

Ouh là.

Parfois, il vaut mieux se taire.

Elle a repris son récit…

Toucrassin était lancé. Il a continué comme ça :

– Et puis, il y a vos taches de rousseur. Vous en avez un sacré paquet, hein. Savez-vous que dans certaines cultures pourtant très évoluées, comme l'Égypte antique, on persécutait les roux ?

Là encore, je suis restée muette. Et lui aussi, pendant une minute, attendant ma réaction qui ne venait pas. Je lisais dans son regard une fureur noire, à faire frémir.

Il s'est levé de son bureau. Il ne pouvait pas décemment me refaire le coup de la baffe sans se démasquer, et il avait compris que je ne répondrais rien. Il a traversé l'estrade, le long du tableau, les mains dans le dos, puis il a fait demi-tour. Comme il revenait vers le bureau en passant devant moi, j'ai senti le guet-apens : il allait m'écraser le pied. Avec le talon de sa botte.

– Quel malade !

– Oui. Sauf que je l'ai pris de vitesse, cette fois. À la dernière seconde, j'ai tiré ma jambe en arrière. Ça l'a déséquilibré et il s'est étalé. Son coccyx a heurté le bord de l'estrade, je ne l'avais pas fait exprès mais, ma foi, tant pis pour lui.

J'aurais bien aimé que les autres rigolent, parce qu'à cet instant j'avais bien besoin de soutien. Mais il s'est relevé tellement vite qu'ils n'ont pas eu le temps. J'ai juste eu le réflexe d'arborer un grand sourire béat, façon nunuche, tu vois.

– **MAIS ENFIN DE QUEL DROIT MAIS C'EST INCROYABLE MAIS VOUS M'AVEZ POUSSÉ ESPÈCE DE... DE...**

– Ah mais non, Monsieur : j'avais les mains dans le dos. Je suis désolée, je ne comprends pas ce qui s'est passé. Vous ne vous êtes pas fait mal, j'espère ?

– **DEHOOOOOOOOORS !!!**

J'ai pris tout mon temps pour récupérer mes affaires. Kamel m'a discrètement adressé un petit geste, pouce levé. J'étais épuisée mais, à l'intérieur, j'ai rarement été aussi heureuse.

J'ai passé la porte de la classe. Et devant moi, j'ai vu un Monsieur d'un certain âge, que je ne connaissais pas du tout, en costume de majordome. Voilà.

– Attends, je ne comprends pas : Toucrassin était un de leurs recruteurs ?!

– Haha, tu es sérieux ? Non, pas du tout. Monsieur Jones m'avait repérée bien avant. Et en fait, il s'était arrangé pour que j'aie Toucrassin comme prof… afin de tester mon sang-froid. Ma réaction à cette « épreuve » a dû le convaincre, apparemment.

Je suis resté muet d'admiration.

Sérieusement, vous ne tomberiez pas amoureux, vous ?

8

Le premier jour, on nous a réunis dans la cour. « Nous », c'est-à-dire les nouvelles recrues. Une vingtaine de garçons et de filles qui avaient, à vue de nez, entre 9 et 13 ans. On s'est rassemblés devant une petite estrade. Au bout de quelques minutes, Donald Jones a traversé la cour pour venir se poser dessus. Il nous a regardés un par un en souriant. Et s'est lancé dans un petit discours de derrière les fagots.

– Jeunes gens, vous avez tous deux points communs, et ce sont eux qui vous valent de m'écouter ce matin. Tout d'abord, vous êtes des têtes brûlées. Des téméraires. Des piétineurs de règlement intérieur ! On ne vous a pas enseigné l'insolence, vous êtes tombés dedans quand vous étiez petits, comme Obélix dans la potion magique.

On s'est toisés, bras croisés pour la plupart, assez satisfaits du portrait collectif mais curieux de ce qui allait suivre.

– Ensuite, vous ne supportez pas *l'injustice* : elle vous met dans tous vos états. Pour suivre chacun d'entre vous depuis des années, j'ai pu m'en rendre compte.

Là, pour le coup, on s'est mieux observés. Nous étions bien de la même espèce. Seule Julie est restée concentrée sur Monsieur Jones. Il en fallait plus pour l'impressionner.

– Votre formation commence aujourd'hui. Et ce ne sera pas une partie de plaisir. Notre ennemi a de très nombreux visages – oui, bien plus d'apparences que vous ne pouvez l'imaginer. Pour être parfaitement efficaces, il va falloir vous endurcir, physiquement et mentalement. Vous allez devoir repousser vos limites, corriger vos points faibles, vous préparer pour une vie d'aventure et de danger. Mais avant de vous laisser aux mains de l'excellent Monsieur Forza, je veux insister sur un point, que vous devez toujours garder présent à l'esprit : notre ennemi, ce n'est pas une *catégorie de personnes*. Notre ennemi, ce ne sont pas forcément les adultes, les directeurs, les professeurs. Notre ennemi, c'est l'injustice. D'où qu'elle vienne. Souvenez-vous-en. Je vais maintenant me livrer à un petit cérémonial qui a une grande importance à mes yeux : vous remettre individuellement votre fiche d'emploi du temps pour la formation.

Donald Jones est alors descendu de son estrade et nous a remis à chacun une feuille.

6 heures : Lever

6 h 15 : Petit déjeuner

7 heures-10 h 30 : Parcours de santé

11 heures-12 h 30 : Cours sur les systèmes éducatifs des différents pays du monde

13 heures : Déjeuner

14 heures : Cours de stratégie.

Travaux pratiques (en binôme)

16 heures : Tests de personnalité. Discussion avec le psychologue.

17 heures : Retours d'expériences d'agents du CIP

18 heures-20 heures : Cours de $4^e/3^e$ (Rattrapage)

20 heures : Dîner

21 heures : Coucher

Voilà. On n'était pas là pour rigoler. Donald Jones nous a fait un dernier sourire et a dit :

– Je déclare ouverte votre session de formation. Monsieur Forza, je vous les laisse.

Alors, notre coach et préparateur physique (prof d'EPS, si tu préfères) s'est avancé. C'était une montagne de muscles surmontée d'une tête carrée avec de petits yeux en forme de billes et des cheveux en brosse. Forza s'est donc planté devant nous pendant que Monsieur Jones trottinait, mains dans les poches, jusqu'à sa tour.

– Bon. Fini le blabla. Pour l'instant, je n'ai devant moi que des gringalets à la musculature de têtards anémiés. Mais ça va changer, et vite ! Rass... **VOUS, QU'EST-CE QUE VOUS VENEZ DE DIRE À VOTRE VOISIN ?!**

La question s'adressait à un rouquin derrière moi, qui avait cru bon de chuchoter : « Je préfère ça au petit pois qu'il y a dans ta tête, Rambo ».

Il n'aurait pas dû.

– Euh... J'ai dit que l'important, c'était ce qu'on a dans la tête.

– Ah oui ? Hé bien, on va voir si ce que vous avez dans la tête va vous aider à faire 75 pompes. Exécution, Monsieur... Monsieur ?

– Mathis Bayard. Mais...

– Attention, je vais en rajouter 25. Et si vous n'arrivez pas au bout, vous vous passerez de déjeuner.

Pendant que Mathis Bayard soufflait et crachait pour parvenir au bout de ses pompes (et de sa vie), Forza a achevé son speech :

– Rassurez-vous, disais-je : j'ai l'habitude. Monsieur Jones a décidé que la forme physique *de départ* n'était pas un critère de recrutement. J'ai un mois pour former vos muscles, si nécessaire de toutes pièces. Et je ne connais pas l'échec. On commence par une visite médicale, histoire de mesurer vos tours de biceps, de poitrine, de mollets, vos quadriceps et tutti quanti. S'ils n'ont pas doublé dans une semaine, ça se réglera à coups de pompe et d'haltère.

– Bon, va falloir vous calmer Monsieur, avec vos tours de biceps et vos coups de pompe. Je n'ai aucune envie de vous ressembler. En quoi que ce soit.

Je suppose que vous aurez reconnu Julie et sa docilité naturelle ? Les autres n'ont pas moufté.

Forza l'a regardée avec un bon sourire, alors que Mathis Bayard se relevait péniblement.

– 75 pompes, Madame. Ou votre prochain repas attendra demain matin.

J'ai senti Julie frémir de colère à côté de moi. Aussi discrètement que j'ai pu, je lui ai serré le bras et l'ai poussée vers l'avant. Pas question qu'elle soit privée de nourriture. Elle a dégagé sèchement son bras, mais s'est avancée tout de même.

Elle a fait ses pompes sans quitter le coach des yeux. Et elle avait un regard de tueur en série.

Ça n'a pas semblé émouvoir Forza le moins du monde.

– Bien. Tous les matins, je vous retrouve ici à 7 heures. On commencera la journée par le parcours de santé.

★★★

Ah… Le mal nommé parcours de santé ! On a vite compris pourquoi les agents l'avaient rebaptisé « le parcours déjanté » (ou « le train fantôme » suivant l'humeur). Ça se passait dans la forêt voisine du château, et c'était **EXTÉNUANT**.

Le programme ? Au saut du lit, tu plonges dans une rivière aussi profonde qu'une caverne pour spéléologues. L'hiver, au cas où tu ne le saurais pas, les rivières sont, euh, fraîches. Ensuite, dans l'ordre :

- 10 MÈTRES DE MUR À ESCALADER (AVEC TES HABITS QUI DÉGOULINENT ET TES MAINS TREMPÉES)
- 1 H DE COURSE EN TERRAIN ACCIDENTÉ (CETTE FORÊT IGNORE LE CONCEPT DE CHEMIN PLAT : MONTÉE, DESCENTE, MONTÉE…)
- 45 MINUTES DE SAUT DE MURETS DE PIERRE…
- 45 MINUTES DE LANCER DE POIDS
- 45 MINUTES DE GRIMPER DE CORDE

Les premières fois, on a exécuté ce parcours en compagnie d'agents confirmés, de passage au QG pour une remise à niveau physique. Ils nous donnaient des astuces pour mieux passer les obstacles. Certains avaient 17 ou 18 ans, à ma grande surprise.

– Ah mais oui, bien sûr qu'il y a encore besoin de nous, au lycée. Ce n'est pas moins dangereux ni moins injuste, comme endroit, tu sais.

Une fois qu'on avait bien craché nos poumons (sauf Julie : elle avait juste l'air un peu essoufflée, mais en pleine forme), le parcours déjanté cédait la place à un travail d'adresse. Monsieur Forza avait un talent inné pour en inventer chaque jour de nouveaux.

Exemple ? Dans une clairière, une rangée de chaises t'attend sur un plateau en bois. Tu dois déplacer la chaise sans la soulever de plus de 2 centimètres – sinon, un bip

retentit et tu récoltes 10 pompes la première fois, un mur d'escalade la deuxième, et tout le parcours à refaire la troisième.

Forza ne nous lâchait pas d'une semelle, et ses beuglements étaient eux aussi un test d'endurance pour tes tympans. Toutes ses phrases commençaient par « **PLUS** »: « **PLUS VITE** », « **PLUS FORT** », « **PLUS PRÉCIS** », « **PLUS LOIN** », etc. Et c'était dit sur un ton qui ne donnait pas du tout envie d'ignorer la directive ou de faire des commentaires. Exécution, soldat.

– La principale qualité d'un agent du CIP est de **NE PAS SE FAIRE REMARQUER**. Je ne comprends pas comment des têtards anémiés peuvent être aussi discrets qu'un **MAMMOUTH HYPERACTIF**. Si vous avez pour mission de truffer une classe de micros, il faudra impérativement le faire **EN SILEEEENCE !**

Franchement, à cet instant précis, le silence, on en rêvait.

Le parcours s'achevait par une séance de tir de boulettes, avec un stylo-bille en guise de lanceur et des mannequins placés à dix mètres en guise de cibles (distance moyenne du dernier rang au tableau).

L'exercice est plus délicat que tu ne l'imagines. Plus le diamètre du stylo est petit, plus ton souffle doit être contrôlé… Et bien sûr, si tu rates le mannequin, pompes, mur, parcours. Certains ont dû faire six fois tout le parcours (moi deux, et je ne tenais plus debout). Mais, preuve que nous n'avions pas été choisis au hasard, dès le troisième jour, tout le monde visait dans le mille quasiment à chaque coup.

Julie, elle, a fini le parcours bonne première chaque matin.

J'étais estomaqué.

– Non mais en fait t'es pas une humaine, t'es un robot, c'est ça ?!

– Très drôle. Ne confonds pas « fille » et « chochotte », sinon tu vas vite m'énerver.

Bien, Madame.

Julie était décidément… époustouflante. Elle ne supportait pas de ne pas y arriver. Plus exactement : elle ne supportait pas que quelque chose lui résiste. Quand on nous mettait devant un punching-ball, elle faisait un bon test de solidité de l'engin !

De temps en temps on était séparés, parce qu'elle suivait une formation « spéciale ». J'ai eu du mal à en savoir plus : ça lui plaisait beaucoup que je cherche – en vain – à deviner.

– Non Al, je ne fais pas un super spécial parcours déjanté.

– Non Al, ce n'est pas du street-fighting.

– Formation aux échecs ? Toujours pas. Tiens, reprends des pâtes. Ton cerveau a besoin de glucides, on dirait.

Quand quelque chose m'intrigue, je suis beaucoup trop curieux pour lâcher l'affaire. J'aurais même été prêt à la suivre en douce pour l'espionner, mais c'était impossible. D'abord parce que nos journées étaient remplies à ras bord d'activités. Ensuite – et surtout – parce qu'elle ne me l'aurait jamais pardonné. J'ai donc rongé mon frein en attendant que Son Altesse daigne informer son partenaire de ce qu'elle apprenait en secret.

9

Nos « cours de stratégie » étaient assurés par Monsieur Karpov, un grand escogriffe aux cheveux grisonnants qui ne souriait jamais et parlait comme un savant de dessin animé. Sa technique de prédilection ? Observer d'abord, frapper ensuite.

– Tout être vivant plongé dans un milieu qui n'est pas le sien doit d'abord passer par une phase d'analyse de sa nouvelle situation : *comment m'adapter ? comment m'intégrer ?* C'est seulement ensuite que l'on peut prétendre lancer l'assaut.

Autrement dit, interdiction formelle d'intervenir frontalement durant la période d'observation. On devait commencer par identifier le point faible de l'adversaire : repérer les tics, les toc, les manies, les défauts, que ce soit dans l'attitude physique, le langage ou l'habillement (comme, vous savez, ces pantalons de velours côtelé que mettent encore certains profs nés au milieu du siècle dernier ?). Être patient, concentré, tenace.

Une fois l'ennemi passé au scanner, deuxième acte : l'offensive. C'est là qu'on devait réfléchir à la meilleure manière d'agir – or, cela dépendait de l'urgence de la situation, mais aussi du profil de la cible. Les profs bêtement tortionnaires, par exemple, aiment la discrétion : pour leur nuire, il suffit parfois de rendre publique leur méchanceté. Les agressifs, eux, nécessitent plus de doigté. L'agressif manque souvent de confiance en lui ; il faut donc éviter, par une démonstration d'insolence non contrôlée, de l'entraîner dans une escalade de fureur dont l'agent sortirait, euh… viré de l'établissement. Les profs « sacqueurs », autre cas intéressant, peuvent être mis hors d'état de nuire par une action concertée et collective – qui, bien sûr, demande un peu plus de temps et d'organisation.

Bref : pas de recette miracle. Il faut s'adapter au terrain, ce que Karpov n'a cessé de nous marteler pendant notre formation.

Dans tous les cas, on me demandait de faire exactement, et méthodiquement, ce pour quoi on m'avait toujours puni jusque-là : contester les injustices des tyrans.

J'ai adoré les cours de stratégie.

On a aussi eu des formations totalement surprenantes. Par exemple : étude du comportement à adopter (ou pas) selon qu'on est censé avoir dix, onze ou douze ans – puisqu'on devrait endosser ces trois rôles, en fonction de la situation. Le vocabulaire correspondant à l'âge, l'attitude physique. La gestuelle, aussi : certains gestes permettent d'avoir l'air plus jeune (le doigt posé sur la bouche, les yeux écarquillés), d'autres plus âgé (les sourcils froncés, le poing sur le menton). Bref, toute la panoplie du parfait agent secret des cours de récré.

Et surtout, avant le dîner, il y avait les heures d'entraînement avec Dan Looney, alias l'Inventeur.

Dan était un vieil ami de Donald Jones. Il avait des yeux tout le temps hagards et des cheveux blancs trop longs qui partaient dans tous les sens. C'était le responsable du laboratoire du CIP.

Mais ce monsieur était aussi un scientifique brillant. Il passait son temps à faire des expérimentations.

Un beau jour, nous avons découvert, au bas d'un escalier très étroit, son laboratoire top secret. Ledit labo était rempli d'éprouvettes fumantes glougloutant de façon mystérieuse.

Nous nous sommes tenus debout en groupe, un peu à distance des glouglous.

Dan Looney s'est mis à parler – en levant les bras au ciel tous les deux mots, et en traînant sur les voyelles. J'ai pris exemple sur l'impassibilité parfaite de Julie pour réprimer mon fou rire.

– Vuuu lees situuuuatiiiions que vous alleeeez rencontreeeer, vous aureeeez beeesoin d'outiiiils adéquats. J'ai deux semaineees pour vous en apprendreeee le maniiiiement. Attentiiiion, ces joujoux coûtent cher, preeeenez-en soin. Aujourd'hui, on commence en douceuuuuur : nous allons parleeeer des oreillettes. Tendeeez votre main.

Il s'est employé à déposer dans chaque main… rien du tout. Un rien du tout qu'il tenait entre le pouce et l'index. Mais je n'ai pas eu le temps de me dire que ce type était vraiment siphonné : chacun des agents prenait déjà son rien du tout dans sa paume et se le mettait dans une oreille, puis l'autre.

Quand mon tour est venu, j'ai senti deux boules dans ma main. Une fois dans nos oreilles, celles-ci étaient tout aussi invisibles.

– Maaaatériau synthétique transluuuucide de ma fabriiiication. Booon. Maintenant sortez d'ici et allez vous cacher à 200 mètres de cet endroit, où vous voulez – mais pas à plusieurs. Véééérification du maaaatériel.

Je me suis planqué derrière un arbre et j'ai marmonné :

– Bon, et maintenant ?

– *Al ??*

J'ai fait un bond. J'avais la voix de Julie dans l'oreille. Pour une fois, c'est moi qui ai compris le premier.

– Julie ! ? Parle-moi en continu. Je crois que je pige ce qu'on peut faire avec ces engins.

J'ai quitté mon tronc d'arbre et, en m'orientant grâce au volume de sa voix, qui gagnait en netteté à mesure que je me rapprochais d'elle, je l'ai rapidement trouvée.

L'explication de Looney nous a laissés bouche bée. Les oreillettes étaient équipées de capteurs thermiques et dermiques qui, dès qu'on introduisait la boule dans l'oreille, analysaient *en trente secondes* notre chaleur corporelle et notre peau. Ensuite, l'oreillette se calait sur ces paramètres et s'auto-programmait. Si toute autre personne que le propriétaire essayait d'utiliser ces engins, ils ne fonctionnaient tout simplement pas.

De surcroît, Looney avait programmé les oreillettes de façon à ce qu'elles se connectent à celles de nos binômes respectifs.

Wow.

Le jour suivant, on a fait connaissance avec le génial stylo-micro-ordinateur-dictaphone-talkie-walkie. Entre autres prodiges, il pouvait enregistrer n'importe quoi, d'un simple clic sur le capuchon, avec une qualité sonore parfaite.

– Eééécoutez-moi bien, les enfants. Jeeee neeee le répèèèèterai pas. Ceeee bouton déclenche l'enregistrement ; ceeeelui-là l'arrête.

Comme les oreillettes, le capuchon prenait l'empreinte de notre pouce à la première pression : il ne fonctionnait dès lors qu'avec son propriétaire.

Nous avons eu quelques jours pour tester les distances d'enregistrement, l'orientation du stylo, et sa résistance (c'était du titane maquillé en plastique). Un petit trou sur le côté permettait de métamorphoser cet inoffensif stylo-plume en arme de défense : si on y rentrait une pointe

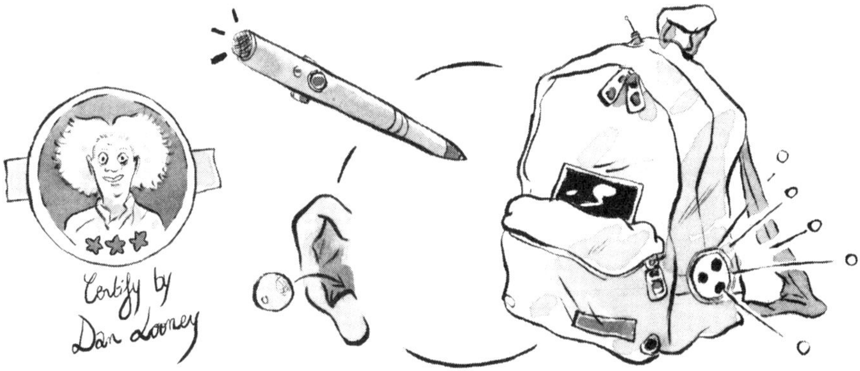

de compas, la mine s'allongeait et devenait une seringue à injection d'anesthésiant.

Bref : Dan Looney était indéniablement un inventeur de génie. Cependant, lors de notre dernière semaine de formation, une de ses « créations » m'a un peu inquiété (pas assez, en fait, vu ce qui s'est passé ensuite…).

Elle avait tout l'air d'un banal sac à dos…

– Il y a une caméra dans ceeee sac à dos, ainsi qu'un générateur deeee bouleeeettes de paaaapier, et de boules puantes en caaaas d'urgence. Lavage à 30°, pas d'essorage en machine sinon votre sac sera puuuuuant 24 heures sur 24.

Les agents confirmés nous en avaient parlé quelques jours auparavant :

– Looney est un peu siphonné, mais moins que son frère jumeau qui vit aux States et est persuadé d'avoir inventé une machine à remonter le temps. L'essentiel, c'est que ses outils sont fiables. Enfin… en tout cas, le stylo et les oreillettes. Le sac, euh… méfiez-vous. On a eu quelques surprises désagréables. Surtout avec le mode « rafale ».

Le stylo permettait aussi de composer un C24. En code CIP, le C24 est une communication d'urgence avec le patron. Le petit bouton du dessus, qui servait à faire sortir la pointe (auto-sécrétrice d'encre, la pointe, pas de recharge à mettre : adieu, encre sur les doigts et le pantalon!), était amovible. En dessous, un petit trou à actionner avec une pointe fine lançait une communication avec Donald Jones. Si le stylo se mettait à vibrer, ça signifiait que le patron voulait nous joindre.

Avec tout ça, nous n'avions pas beaucoup de temps pour parler, Julie et moi, en dehors des repas – qu'on prenait avec les instructeurs et parfois Monsieur Jones. On n'a pu vraiment discuter que la veille de notre mise au vert (comprenez : « retour dans nos familles pour le week-end »), où on nous a laissés passer la soirée ensemble avant le couvre-feu.

C'est à cette occasion que j'ai un peu mieux compris d'où venait la rage de Julie.

– Tu es sûre que ça va aller ?

Elle avait sur le front une bosse de la taille du dos de Quasimodo : furieuse d'avoir échoué en stratégie ce jour-là, elle avait mis un énorme coup de boule au punching-ball.

– J'en ai vu d'autres.

– Bon. Tu me réponds si tu veux, hein, mais j'ai rarement vu des nanas défoncer un punching-ball à coups de tête. Je me demandais... Monsieur Jones parlait de ton père, l'autre jour...

– Mmmh...

J'ai finement décidé de jouer la carte de l'humour, en mettant ma main devant ma bouche et en imitant un souffle rauque bien connu :

– **JE SUIIIIS TON PÈÈÈÈRE.**

– Ferme-la. Et si tu as mangé un clown, recrache-le, boulet.

Oups. Elle ne m'avait encore jamais parlé comme ça... Je me suis réfugié dans un silence prudent (d'autant plus que ma vanne était d'une nullité abyssale, je sais. Vous n'avez jamais été intimidé par quelqu'un, vous ? Parfois, dans ces cas-là, on dit n'importe quoi. Même quand on est parfait).

– Et toi Al, ton père, il est comment ?

Silence prudent. **PÉTRIFICTOR ATTITUDE.**

On était dans le salon à la cheminée, comme à notre arrivée. Une télé parlait dans un coin, et vu ce qu'elle proposait, elle aurait mieux fait de se taire. Mais impossible de mettre la main sur une télécommande.

Ma famille, j'allais la retrouver le lendemain, après des semaines d'absence. Je les aimais bien, mais parler d'eux, là, maintenant… non.

Plus courageuse que moi, Julie a fini par cracher le morceau, d'une voix rageuse, sans cesser de regarder l'écran.

– Le punching-ball de mon père, c'est ma mère. Il ne l'a jamais touchée, hein. Mais il a passé sa vie à lui expliquer à elle – et à m'expliquer à moi – pourquoi elle faisait mal ceci, cela… en quoi elle était nulle, pathétique, irrécupérable. « Que cela te serve de leçon, Julie. N'imite pas ta mère ». Et au début… je l'ai cru. Je me suis fait avoir. J'ai été *affreuse* avec ma mère. Puis en grandissant, j'ai compris…

Je me suis bien gardé de rompre le silence qui a suivi. J'ai attendu la suite.

– Ne me mens jamais, Al. Je t'aime beaucoup, mais si tu me mens un jour, si tu essaies de me manipuler, je te défonce.

J'ai repensé à l'état du punching-ball… Je préférais ne pas prendre sa place. J'ai donc rayé l'option « mentir à Julie » de ma carte mentale. À vrai dire, je ne l'avais jamais activée.

– Je suis content de faire ça avec toi, Julie.

– Je sais, imbécile.

En disant ça, elle a quitté les yeux de l'écran, m'a regardé. Et pour la deuxième fois depuis que je la connaissais, je l'ai vue sourire. Et… les taches de rousseur, la peau caramel… et surtout ce sourire-là… Je dois dire…

Je dois dire rien du tout, petit curieux !! On passe à la suite !

– C'est l'heure du couvre-feu, Al, on doit y aller. Bon, comme tu es mon binôme, je vais quand même te faire une confidence. Je sais que tu brûles de savoir…

– … sur quoi portait ta formation secrète ? Ça, c'est sûr !!!

– Je ne te donne rien de son contenu, juste un mot. Monsieur Jones m'y a autorisée. Et ce mot c'est : « ninja ».

???

Ah, d'accord.

Carrément.

J'étais pour de bon dans un film d'espionnage.

Et j'adorais ça.

BONUS 2

LA PANOPLIE DU PARFAIT AGENT SECRET

LES OREILLETTES

1. MATIÈRE TRANSLUCIDE
2. FORME PARFAITEMENT ADAPTABLE À L'OREILLE
3. CAPTEURS THERMIQUES ET DERMIQUES, RELIÉS À UN MICRO-CIRCUIT DE SYNCHRONISATION INCLUANT LES PARAMÈTRES BIOLOGIQUES DE L'AGENT
4. CIRCUIT AUDIO PERMETTANT D'ENTENDRE LA VOIX DU BINÔME COMME SI ON ÉTAIT JUSTE À CÔTÉ DE LUI (PORTÉE : 200 MÈTRES)

PULL EN LIN DOUBLÉ D'UNE COTTE DE MAILLES INVISIBLE

LA TROUSSE DE L'AGENT

1. GOMME ÉTERNELLE
2. CRAYON AUTO-TAILLLEUR
3. CORRECTEUR À CORRECTIONS INVISIBLES

LE SAC

VU DE L'EXTÉRIEUR :

1. SAC EN LOONEYTANE DIFFUSANT UN ALLÉGEUR DE MATIÈRE : TON SAC N'EST JAMAIS LOURD
2. ÉTIQUETTE « LAVABLE À 30 ° »

VU DE L'INTÉRIEUR :

1. BOUTON DU LANCEUR DE BOULETTES
2. RÉSERVOIR À BOULETTES

LES CHAUSSURES

EN CUIR LOONEY NON SALISSABLES, INUSABLES, AVEC POINT DE PRESSION SUR LES CÔTÉS POUR CHANGER LA COULEUR (5 TEINTES DISPONIBLES)

LE STYLO MAGIQUE

1. BOUTON EN HAUT À GAUCHE : ENREGISTREUR
2. POINTE AUTO-SÉCRÉTRICE D'ENCRE
3. VIBREURS SUR LE CÔTÉ POUR RECEVOIR LES APPELS DU PATRON
4. CAPTEUR D'EMPREINTES DU PROPRIÉTAIRE
5. BOUTON SPÉCIAL APPEL C24
6. TROU POUR DÉCLENCHER LA SERINGUE

PANTALON EN DERMANYL

(© LOONEY SECRET CORPORATION).

LE DERMANYL S'ADAPTE À LA TEMPÉRATURE EXTÉRIEURE, SUPPRIME LA SENSATION DE FROID, OU DE CHAUD, POUR UN CONFORT OPTIMAL.

10

J'ai retrouvé ma famille le lendemain.

Le grand sourire de ma mère, avec ses yeux toujours fatigués.

– Alors mon bonhomme, ce pensionnat ? Pas trop dur ?

Mon père qui m'a fait son salut distrait habituel.

Et Valentin, mon frère aîné.

– Tiens, Al, va chercher ton frère. On passe à table.

Ma mère est une incurable optimiste. Elle pense toujours qu'aujourd'hui sera meilleur qu'hier. Elle fait donc constamment des paris, ponctués par des « *Mais si, tu peux le faire Alexandre* »…

Tu peux faire le poirier…

Cesser d'embêter les profs…

Monter en haut de la corde lisse.

Marcher au bord d'une falaise.

Aller chercher ton frère pour déjeuner.

J'ai vérifié du coin de l'œil que mon père était à proximité et j'ai poussé la porte de Valentin.

Celui-ci, comme souvent, était à sa fenêtre, en apparence absorbé dans la contemplation de l'extérieur. Il a tourné vers moi son mètre 85 et m'a fait un grand sourire.

– Val, on mange. Tu viens ?

Valentin s'est rué vers moi et m'a serré dans ses bras, à sa manière un peu pataude.

Et puis, sans transition, il a essayé de m'étrangler.

C'est là que mon entraînement a produit ses fruits. Mon père, habitué à venir à ma rescousse, m'avait suivi, et il a vu – médusé – mon pied droit se planter dans le nombril de mon frère, qui s'est fait éjecter deux mètres plus loin.

Nous avons pu ensuite passer à table. Ma mère a posé sur Valentin un regard de reproche en nous servant sa maudite salade verte. Mon frère a évité de me regarder, comme il le fait toujours en pareil cas. Petit moment de honte. Je l'aime pour ça, malgré tout.

– Alors mon chéri, raconte… tu t'es fait des amis ? Tes profs, ça va ? Dis-nous tout.

Je leur ai servi durant tout le repas un récit convaincant sur la pension « sévère mais juste », les profs « sévères mais intéressants », les surveillants « sévères mais bienveillants ». Ils m'ont cru. Je n'étais pas fier. Mais c'était le prix à payer…

J'ai glissé quand même une ou deux insolences de ma part et quelques punitions, pour la crédibilité ; et aussi pour calmer Valentin qui recommençait à s'agiter.

Pour tout dire, il n'est pas très difficile pour moi de cacher des choses à mes parents. Valentin les occupe, et les préoccupe, beaucoup. Tout le temps. À cause de son « handicap ».

Il faut tout de même préciser que mes parents, en

vérité, ont passé les premières années de ma vie à me protéger de mon frère aîné, qui tentait régulièrement de me massacrer, et y arrivait parfois (un peu). J'ai compris assez vite que Valentin – même s'il était incapable de l'exprimer avec des mots – était furieux que je sache parler et pas lui, que je puisse discuter avec mes parents et pas lui, que j'aille à l'école et pas lui, alors qu'il avait quatre ans de plus que moi.

Seulement, c'était comme ça : l'école ne voulait pas d'un autiste mutique, qui avait l'air de ne rien comprendre. On avait essayé, mais certains élèves se moquaient de lui ou le frappaient, et les enseignants ne savaient pas comment gérer un bonhomme qui réclamait, dans une classe de trente élèves, une attention individuelle. Dans la cour comme dans la classe, Valentin n'avait pas sa place. Rien n'était prévu pour lui.

En fait, je sais que mon frère comprend beaucoup de choses, à sa manière. Hélas, sa manière n'intéresse pas l'école. Et comme il en est rejeté, il est en colère. C'est moi qui prends, bien que ce soit elle la responsable.

Je comprends très bien Donald Jones.

Moi aussi, j'ai des comptes à régler.

11

– Oui Maman, tout va bien. Je t'appelle demain.

Julie et moi avons raccroché en même temps.

8h30, l'heure d'entrer en cours.

Euh, en action. Enfin, les deux.

Pour parler comme Donald Jones, Monsieur Bralourd était notre « cible ». C'était une « première mission facile, pour compléter la formation, avec un filet de sécurité ».

Le filet en question était le renfort d'un agent confirmé qui surveillait les cours en permanence à l'aide des caméras du château. Nous avons donc atterri dans une classe de 4e dont le dénommé Monsieur Bralourd était prof d'histoire-géo. Julie et moi étions censés arriver de deux régions différentes, et ne pas nous connaître.

Le premier cours nous a laissés perplexe. Il nous a certes permis de tester nos oreillettes « en situation », mais à part ça, on ne voyait pas ce qu'on était censés détecter. À vrai dire, Bralourd était même plutôt captivant comme prof : quand il s'est lancé dans le récit des campagnes napoléoniennes, on se serait cru sur le champ de bataille. Il était plutôt souriant, et s'adressait aux élèves calmement, sans méchanceté.

– Tu vois quelque chose, Ju ? j'ai dit sans même bouger les lèvres, sachant que l'oreillette allait retransmettre mon mini-chuchotement.

– À part une tache sur son pull, RAS.

Nous n'avons pas abordé frontalement le sujet en cours de récré, nous souvenant des leçons de Monsieur Karpov : observer d'abord, agir ensuite. Je me suis simplement permis quelques « Alors ils sont comment, les profs ? » auprès des élèves de ma classe.

J'ai récolté une moisson de « Mouais bof », deux « Ah en maths elle est super », cinq « En anglais, l'ennuiiiii ».

Et au passage, un « Bralourd… Les mauvais jours, vaut mieux pas se trouver sur son chemin ».

Deuxième heure, trois jours plus tard. Bralourd nous demande de raconter oralement ce qu'on a retenu de son cours précédent. Ce n'était pas prévu, ni annoncé. Mon voisin souffle :

– Damned. Ça va chauffer.

– Bien, on commence avec Philomène. Venez au bureau, et racontez-nous.

Je note que Philomène, grande brune aux cheveux longs et au teint tout pâle, a les larmes aux yeux.

– Euh, Napoléon… Il est allé en Égypte, et en Italie, en… vers 1800, et il… *Aïe !!*

Bralourd, sourcils froncés, vient de lui pincer l'oreille. En tournant l'index et le majeur pour que ça fasse plus mal.

– Philomène, l'histoire ne **TOLÈRE PAS** l'approximatif. Il n'y a pas de « vers ». Va t'asseoir. C'est lamentable. Julie, au tableau.

Zut. On est censés être en phase d'observation, mais je ne suis pas sûr que Julie reste *observatrice* bien longtemps s'il prétend lui détruire le lobe de l'oreille… Dans un flash, j'ai la vision de Bralourd retourné comme une crêpe, ma partenaire accroupie sur son ventre en posture ninja. Et ça ne me donne pas envie de rire : on risquerait fort d'être démasqués.

– En fait, je ne savais pas qu'il fallait apprendre même si vous ne le disiez pas, et…

Pincement d'oreille. Je serre les dents…

– Il va falloir être plus autonome, Julie, sinon on ne va pas s'entendre. À ta place.

Elle regagne sa place. Ouf.

Bralourd ne sait pas à quoi il vient d'échapper.

À la récré suivante, les langues se délient.

– Oui, il fait ça parfois. Pas régulièrement. Les autres jours, il est normal, il nous dit à l'avance quand il y aura une évaluation. Mais quand ça le prend, il débarque sans avoir rien annoncé et bim, c'est parti pour une tournée d'oreilles. La dernière fois, j'ai eu mal toute la journée. Il n'y va pas de main morte.

Je prends mon air benêt.

– Il a le droit de faire ça, alors, si c'est seulement de temps en temps ?

– Ben… Ma mère fait pareil…, dit une fille du nom de Margaux.

– T'as de la chance, intervient Élias. Moi, c'est mon père. Oreille rouge garantie.

– Moi, commente Arnaud, c'est plutôt les gifles. Mais c'est très rare. En revanche, qu'est-ce qu'ils peuvent me hurler dessus !

Philomène bougonne en se massant l'oreille :

– Franchement, ça m'étonnerait qu'il ait le droit. Mais qu'est-ce qu'on peut faire ?

C'était un « cas d'école », comme on dit : le prof adepte de la **PUNITION CORPORELLE**. À ce stade, une fois le problème et la cible identifiés, l'agent doit marcher sur des œufs. Comme nous l'avait dit Monsieur Karpov :

– Retenez bien ceci, jeunes gens ! Une solution pérenne passe par une conscientisation collective des protagonistes et une mise en œuvre de la transformation du milieu par les acteurs eux-mêmes.

Oui, bon : à ta tête, je vois que tu as besoin d'une traduction. En gros, ça veut dire que si l'agent va voir le principal en dénonçant Bralourd, le principal le sermonnera sans doute… mais ça s'arrêtera là. Ensuite, l'agent s'est fait repérer, et dès qu'il aura changé de mission, tout risque de recommencer. Il faut donc amener les élèves à se prendre en main *eux-mêmes* pour trouver la solution.

Julie a conclu la discussion à la sonnerie :

– C'est pas ça qu'on appelle la violence scolaire ?

J'ai reconnu la stratégie dite « du semeur » (appellation signée Karpov). On lâche une remarque l'air de rien, qui conduit les autres à s'interroger. Quand on est depuis trop longtemps dans un système, on s'adapte à son fonctionnement, on ne le remet plus en cause… L'agent du CIP, lui, apporte un regard neuf.

Ça n'a pas raté : le lendemain, les élèves sont arrivés avec des tonnes d'infos glanées sur le Net à propos des violences et maltraitances à l'école. Ils ont commencé à discuter et à râler.

Au cours suivant, les délégués sont allés voir Bralourd en fin de cours. Je suis resté sur le seuil, pour entendre l'échange. J'ai même placé mon stylo contre la porte, pour l'enregistrer. Le stylo Looney offrait décidément une qualité d'enregistrement incroyable.

– Comment ça, *pas le droit* ? Pour qui vous prenez-vous ? Si vous appreniez vos leçons, je n'aurais pas besoin de vous tirer les oreilles pour vous punir ! Plutôt que d'en faire des tonnes pour un geste banal, remettez-vous en question ! Fin de la discussion. Sortez, maintenant.

Bon. Puisque la discussion ne donnait rien, autant opter pour l'action. Julie et moi avons décidé de passer à l'offensive, chose que Karpov jugeait possible *une fois tout le monde rendu conscient du problème.* « Dans un deuxième temps, l'agent peut amorcer lui-même la résolution de la situation, que le groupe viendra entériner. » (Traduction : là, tu peux y aller. Les autres retiendront la leçon. Enfin en gros, c'est ça).

Une semaine plus tard, nouvelle séance de « Qu'avez-vous retenu de… ».

Évidemment, c'est Damien – l'un des deux délégués – qui a été envoyé au tableau. Je n'ai pu lui éviter un sévère tirage d'oreille. Mais j'ai fait suffisamment de bruit, en soufflant fort, et en affichant un air TRÈS désapprobateur, pour que Bralourd me désigne comme sa victime suivante.

Et c'est parti…

– On t'écoute, Alexandre. Qu'as-tu retenu de la Restauration ?

– Pas grand-chose, M'sieur, je suis dur d'oreille.

– J'attends.

– Moi aussi. Je suis tout ouïe.

– Dépêche-toi de me répondre !

– Cœur effrayé n'a pas d'oreil…

À cet instant, il m'a pincé le lobe.

Et il a poussé un grand

– Mais qu'est-ce que… une punaise ??

Tout juste, Auguste. Je m'étais scotché à cet endroit une petite punaise, pointe vers l'extérieur. Et vu la force qu'il avait mise dans son geste, son pouce l'a sentie passer.

La classe a éclaté de rire.

J'ai été instantanément viré du cours, bien sûr. Et j'ai atterri dans le bureau du principal.

– Vous savez que Monsieur Bralourd pourrait quasiment déposer plainte ? C'est presque une agression physique.

– C'est lui qui a commencé, Monsieur.

Et je lui ai fait écouter l'enregistrement.

Il m'a servi le discours prévisible sur l'interdiction d'enregistrer les enseignants en cours… J'ai docilement effacé ce qu'il venait d'écouter, en prenant un air repentant. De toute façon, le stylo magique transférait automatiquement tout enregistrement sonore au CIP, pour leurs archives administratives (il vaut mieux avoir des preuves de la nécessité des interventions. On ne sait jamais). Mais j'ai vu qu'il était convaincu.

Trois semaines plus tard, on nous a transférés. Non seulement les pincements d'oreille avaient disparu, mais les interros orales non prévues aussi. Car désormais,

Monsieur Bralourd avait face à lui un adversaire de taille, le seul qui puisse l'empêcher de céder à ses mauvais penchants : une classe unie, décidée à faire bloc face à la violence.

Mission accomplie.

12

Après Bralourd, on a eu une autre mission « fastoche », avec une enseignante de 6e qui passait son temps à massacrer ses élèves aux évaluations, et à répondre « Débrouille-toi » à la moindre demande d'explication. La tactique du semeur a suffi pour que les délégués aillent voir le principal, et ça s'est arrêté là.

Et puis nous avons atterri dans une autre école – dans un village du Nord de la France, nous a dit Donald Jones. Nous étions chargés de calmer le dénommé Ramponneau, instit' de CM2.

Arrivée le soir à l'internat, en cours le lendemain : pas de temps mort. Notre cible nous a accueillis fraîchement.

– Bon, les autres, voilà deux nouveaux, Julie et Alexandre. En pleine année scolaire – toujours sur moi que ça tombe. Tenez-vous à carreau, tous les deux.

J'ai fait mon diagnostic d'expert en deux minutes chrono : Ramponneau appartenait à l'espèce des aigris, sous-espèce dite « Droopy » : veste grise, teint gris, paupières tombantes, air constamment épuisé.

Mais cette sous-espèce, composée de spécimens à sang froid, se révèle d'une agressivité étonnante quand elle se trouve sur son territoire : la salle de classe. Il a fait l'appel d'une voix morne, en soupirant après chaque nom, et en regardant avec lassitude les excréments de cafard qui lui faisaient face – nous.

– Bien, on va commencer par un peu de lecture. Varions les déplaisirs, sachant que tout le déplaisir est pour moi. Page 223. *La petite Fadette*. Bellot, à vous.

Le dénommé Bellot a fait une lecture absolument parfaite du premier paragraphe, avec liaisons et tout, sans une hésitation, même sur les mots de quatre syllabes. Un virtuose.

– Mouuuuuais. Encore quelques années et vous saurez *presque* lire, Bellot. Duraneau, essayez donc de prendre la suite.

Visiblement sous pression, Duraneau a bafouillé, hésité, s'est repris…

C'est alors que Ramponneau s'est approché de lui, très vite, et l'a giflé à toute volée.

J'ai serré les poings, sidéré. D'après mon expérience, le Droopy ne pratique pas, habituellement, la violence physique. L'injure et le mépris lui suffisent. Mon diagnostic était remis en cause, ce qui m'a déstabilisé.

Par ailleurs, le silence absolu qui régnait dans la classe m'empêchait de communiquer avec Ju. Elle s'est tournée vers moi, sourcils froncés, elle aussi perplexe.

– Une telle lecture est une insulte au génie de la grande George Sand, qui a écrit cette œuvre magistrale. Honte sur vous, Duraneau, crétin analphabète. Mademoiselle Crétan, prenez le relais.

J'ai identifié l'interpellée au bref gémissement qu'elle a émis. Elle a regardé son livre, puis Ramponneau, puis son livre. Sans rien dire.

– Si vous vous imaginez que garder le silence est une solution…

Double gifle retentissante. J'ai vu le dos de Julie se redresser comme si elle allait se lever, puis retomber.

– Puisque vous faites la forte tête, Mademoiselle Crétan, au piquet. Prenez le bonnet d'âne sur mon bureau, mettez-vous au coin. Là, voilà. Les autres, quinze secondes de pilori. Top chrono.

Médusés, Julie et moi avons alors vu les autres élèves balancer sur elle des gommes, des crayons, des taille-crayons en plastique, des trousses vides.

– Fin du chrono. Récupérez vos affaires, le cours reprend.

J'ai profité du bruit causé par les déplacements des autres pour murmurer dans l'oreillette.

– Ju, je vais pas tenir longtemps.

– On peut rien faire, là. Attends.

– Mademoiselle Lanène, les bavardages sont interdits dans mon cours. Lisez la suite, puisque vous avez des fourmis sous la langue.

Julie a lu très correctement son paragraphe.

– Vous avez commis une odieuse erreur de liaison, Mademoiselle: « *La famille Fadet était réputée avoir tel entendement-T-T-T-T avec le diable* ».

Et tout en ponctuant les « t », il a tordu le nez de Julie d'un côté et de l'autre. J'ai commencé à me lever – mais Julie, devinant sans doute mon intention, a mis sa main droite derrière son dos, pouce vers le haut. Je me suis rassis, complètement déboussolé. Qu'est-ce que c'était que ce psychopathe ?!

La lecture a ensuite donné lieu à une explication de texte ponctuée de questions grammaticales d'un ennui mortel. Ramponneau arpentait la salle armé d'une règle en métal souple et, si la réponse ne le satisfaisait pas, giflait la main de l'interrogé avec son instrument de torture. Sans même élever la voix, il nous a ensuite informés, parfaitement serein, que la classe était privée de récréation « du fait de trop de mauvaises volonté dans les lectures et réponses ».

À la cantine, nous nous sommes heurtés à un mur de réponses évasives : personne ne voulait parler du fou furieux. Tous déviaient la conversation sur des questions nous concernant : *d'où vous venez, et comment c'est là-bas…* Duraneau m'a dit être passionné de monuments, et m'a demandé ce qu'il y avait à voir dans ma ville. Ils étaient plus curieux que la moyenne, tout de même, me suis-je dit.

On s'est brièvement encouragés avec Julie, par oreillette interposée.

L'après-midi a commencé par une leçon de mathématiques. La récitation de la table de 7 a donné lieu au même festival d'injures et de brimades que le matin, et cette fois c'est le petit Bellot, moins à l'aise en maths qu'en lecture, qui a eu droit au pilori.

La passivité des élèves est ce qui me perturbait le plus. Ils avaient l'air de trouver ce qu'ils vivaient... normal. Sans doute n'avaient-ils même pas eu l'idée d'en parler à leurs parents. Comment leur faire prendre conscience que c'était *inadmissible* ?

Alors qu'il ne restait qu'une demi-heure avant la fin de la journée, Ramponneau a annoncé qu'il allait rendre des devoirs. Une rédaction faite la semaine précédente. Il a commencé à remettre les copies par ordre décroissant, après avoir expédié les meilleures – 11/20 et 13/20, car oui, en plus Ramponneau notait sur 20 en CM2 – avec un laconique « Mouais. Au royaume des aveugles... ».

Au fur et à mesure qu'on arrivait vers le bas du paquet, il s'animait et s'attardait de plus en plus :

– Ah, Duraneau. Votre constance dans la nullité a quelque chose de rassurant. La Terre tourne, le monde change, mais vous conservez, et c'est une performance à saluer, une nullité à entrer dans le Guiness des records. Ne changez rien, vous êtes parfait. Enfin, façon de parler.

La dernière copie du paquet était celle de la petite Crétan. À la manière dont il a commencé par garder le silence, j'ai senti venir le désastre. Ramponneau prenait son élan…

Dès la première phrase, j'ai entendu Julie prendre une profonde inspiration pour tenir le coup.

– Mademoiselle Crétan, une fois encore, vous faites honneur à votre nom de famille. Du moins, à une lettre près. Duraneau a de la chance de vous avoir dans sa classe. Où posez-vous votre cerveau quand vous faites votre rédaction ? Si toutefois vous en avez un, bien sûr, ce dont il est permis de douter à vous lire…

Il a continué comme ça un bon moment, et petit à petit il a durci le discours. La petite pleurait, autour de nous personne ne disait rien. Et même, certains élèves *souriaient*, en nous regardant du coin de l'œil.

Ramponneau n'élevait pas la voix, au contraire. Il s'était penché vers elle, tout près, et il lui prophétisait un avenir désespérant…

– Vous ferez partie des assistés, sans doute des SDF, incapable de vous construire un avenir, un poids mort pour la société…

Tout cela, il le murmurait presque à la pauvre fille en larmes. Et puis il en est venu aux injures, tandis qu'elle sanglotait :

– … pénible abrutie, demeurée incurable, insulte à l'espèce humaine, une vie inutile…

Et là j'ai craqué.

Julie m'a dit, après : « J'allais faire exactement la même chose. Tu m'as devancée d'une demi-seconde ».

Peut-être. En attendant, c'est moi qui me suis levé le premier. Fou de rage, j'ai crié dans la classe :

– Vous ne croyez pas que vous gagneriez du temps en lui donnant une corde pour se pendre ? Quitte à la pousser au suicide, autant lui donner le mode d'emploi, puisque ça semble être votre but ! Mais ça vous priverait du plaisir de la…

À ce moment – alors que Ramponneau se tournait lentement vers moi –, la porte s'est ouverte, et Donald Jones est entré.

– Merci à tous de votre participation. Ramponneau, cher ami, je vous laisse filer vers votre collège. Les autres peuvent regagner leurs postes.

Il nous a souri.

– Julie, Alexandre, merci de me suivre.

13

Là, je dois avouer qu'on était largués. Ramponneau nous a adressé un bon sourire, comme s'il était devenu quelqu'un d'autre. On s'est regardés, abasourdis. Quelques élèves nous ont gentiment serré la main ou fait signe, y compris la petite Crétan, qui avait l'air en pleine forme.

Quant à Donald Jones, il ne nous a pas laissé le temps de nous mettre en colère : il nous a fait entrer dans un petit bureau.

– Bon. Savez-vous où nous sommes ?

– …

– À deux kilomètres à vol d'oiseau du château. Bien loin du Nord de la France, donc. Un grand tour en jet, une arrivée de nuit à l'internat : vous n'avez rien pu voir. Et c'était le but puisque, vous l'aurez compris, vous venez donc de passer le test du *simulateur*. Avec un succès mitigé, mais plutôt encourageant : vous avez craqué, certes, mais après avoir résisté toute la journée, et poussé Ramponneau dans ses retranchements. Certains de mes meilleurs agents ont fait moins bien à leur arrivée ! C'était la dernière étape de votre formation. Une étape indispensable : désormais, à tout instant, vous saurez vous souvenir de ce jour pour connaître vos limites, et éviter de commettre à nouveau cette erreur.

J'ai tenté un bafouillement pathétique :

– Vous... Mmmmais...

– J'ai remis en état ce vieux bâtiment pour en faire la réplique exacte d'un collège comme les autres. Du moins, d'une partie de collège – bon nombre de portes ouvrent sur des débarras.

Julie a balancé la chaise contre le mur en criant :

– **STOOOP !!**

Puis elle a repris son calme.

– Ça suffit : j'arrête. Faites-moi votre injection et ramenez-moi chez moi. Désolée Alexandre, mais ce type, il nous, nous… manipule. Et ça… je ne peux pas. Non.

Donald Jones a dit tout doucement :

– Pour votre sécurité, Julie. Pas comme votre père.

Et là, pour la première fois, j'ai vu Julie pleurer. Enfin, pour être précis : j'ai vu nettement une larme couler sur sa joue. Ça m'a réveillé.

– OK, Monsieur. On peut se parler, Julie et moi, une minute ?

– Bien sûr. Je vous attends derrière la porte.

Une fois qu'il est sorti, on s'est assis.

– Julie, tu sais ce qu'il va nous dire ?

– Je ne suis pas débile, je sais ce qu'est un simulateur. Mais il a eu le temps de nous voir en action, depuis des mois. Il l'a dit. C'est inutile, son truc !

– Peut-être. Ou peut-être pas. Là, il contrôlait tout, et il a fait en sorte qu'on soit poussés au-delà de nos limites. Il voulait voir ce qu'on pouvait supporter. Et nous donner une arme pour la suite. Quand il dit « pour votre sécurité »… je pense que c'est vrai, en fait.

Elle n'a rien répondu. Et j'ai réfléchi à ce que j'allais dire. Ce n'était pas le moment de remuer son lien avec son père, son talon d'Achille. Le mien… Hé bien, disons que le mien, c'était tous les brimés de la création, tous les Grolec et les Rouillard que j'avais connus dans mon ancien collège. Raisons personnelles.

– Julie, si tu arrêtes, j'arrête aussi. Mais… je préférerais continuer. Franchement, c'est passionnant son truc – sauf, évidemment, le planning de révisions du programme de 4e le soir pour qu'on se mette à niveau. Mais c'est le prix à payer, non ? On pourrait au moins écouter ce qu'il veut nous dire ?

Elle m'a regardé sans un mot, un long moment.

A donné un grand coup de pied dans la porte.

Porte qu'elle est allée ensuite ouvrir à Donald Jones.

Notre nouveau patron avait l'air soucieux. Et son inquiétude est restée palpable quand Julie lui a dit qu'elle continuerait l'expérience, mais qu'elle se réservait le droit de l'interrompre à tout moment, parce qu'elle détestait qu'on lui mente.

– Je peux vous assurer que le simulateur est une étape à usage unique. Tous les autres sont passés par là, et ont eu l'entretien que j'ai avec vous maintenant. Mais il vous manque une information, cependant, pour vraiment comprendre ma démarche, Julie. Une information que je dois vous donner comme je l'ai donnée aux autres – et que je ne donne pas à ceux qui échouent trop vite à l'épreuve du simulateur. Eux, nous les renvoyons chez eux après leur avoir donné la piqûre de l'oubli. Même s'ils étaient opérationnels dans une salle de classe, ils ne pourraient pas faire face à notre ennemi. Car nous avons un ennemi, dont le but est inverse au nôtre : répandre et faire prospérer l'injustice dans les écoles ! Il est bien plus fort que les enseignants ou autres adversaires que vous allez affronter. Et cet ennemi est… mon frère.

– Quoi ?? (Nous deux, en chœur)

– Rector Jones. Nous avons suivi le même chemin, le même pensionnat en guise de formation. Mais Rector a peu à peu changé, insidieusement, de mois en mois et d'année en année. Il s'est endurci. Il est devenu méchant, puis haineux. Les punitions, il y réagissait en ricanant. Je ne suis pas arrivé à le raisonner, et pourtant nous étions si proches ! Les autres pensionnaires le détestaient. Ils se sont mis régulièrement à le frapper, à se moquer de lui, à le pousser dans les escaliers, à lui voler sa nourriture… et les surveillants laissaient faire. Moi, j'étais chétif, mal nourri, fragile : je n'ai pas su le défendre. Devenu adulte, Rector a décidé de se

venger. Non pas sur ses tortionnaires, mais sur *tous les élèves*. Il a bâti le même empire que moi, avec sa part d'héritage. Sauf que ses agents sèment la terreur dans les classes. Ils oppriment les élèves les plus faibles, les écrasent. Ils admirent Rector et le craignent tout autant. Rector défend l'idée d'une *sélection naturelle* : ne doivent rester à l'école que les plus forts. Comme je veux, au contraire, que tous puissent y aller en paix, je suis son ennemi. Nous sommes en guerre.

J'ai enfin retrouvé l'usage de la parole :

– Il est dangereux pour nous aussi, donc ?

– Oui. Il essaiera, soit de vous neutraliser, soit de vous contacter pour vous « retourner », comme on dit dans les films d'espionnage. Il y est parvenu avec certains de mes agents. Vous devrez donc choisir votre camp, mes enfants. Rector est très doué pour corrompre, salir et entraîner ceux qui le croisent sur la mauvaise pente. Trop souvent, je n'ai pas su l'en empêcher.

Le vieil homme a eu l'air soudain épuisé, et incroyablement triste. Il s'est laissé tomber dans le fauteuil derrière lui. Alors Julie, qui l'avait écouté avec attention, a posé la main sur son bras.

– Vous avez sûrement essayé, c'est ce qui compte. Il m'intéresse, votre frère. C'est exactement le genre d'homme que je déteste. Et que j'aime bien, disons… contrarier.

Monsieur Jones a souri.

– Je sais, Julie. Je sais.

14

Le lundi suivant, au matin, on a pris le train. Cette fois-ci, plus de simulation, plus de tests ni de missions choisies pour leur facilité : notre nouvelle vie d'agent secret se poursuivait sans filet de sécurité. Monsieur Jones avait même refusé de nous dire si la classe où nous allions était de celles qu'il surveillait dans sa tour de contrôle à écrans multiples.

– Je me suis imposé une règle de base, Alexandre : faire confiance à mes agents. Les solutions, vous les trouverez, ce sont les vôtres. Pas question de vous dicter votre conduite. Une fois la mission commencée, vous êtes libres de vos choix. Je sais que vous ferez pour le mieux.

★★★

Mission Brisemine, donc, CM2.

Madame Brisemine souriait tout le temps, en nous regardant de ses yeux bleus de porcelaine, par-dessus des lunettes obstinément tombantes. Son sourire était collé sur son visage d'une façon très bizarre.

On s'est vraiment demandé ce qu'on faisait là, au début. Il régnait un silence remarquable dans la classe, que ce soit dans ma zone (4e rangée à droite du bureau, contre le mur) ou dans celle de Julie (1er rang au centre).

Elle avait l'air tout sauf redoutable, la mère Brisemine. Un peu voûtée, pourvue du sempiternel chignon en pétard des vieilles maîtresses à cheveux gris et vêtue d'un gilet pas très propre, elle déambulait lentement de long en large dans la classe, sans jamais s'asseoir à son bureau – ce qui aurait dû nous alerter. Elle hochait la tête avec des « Hmmm…hmmm… » approbateurs, en regardant les cahiers.

Le seul point vaguement suspect, c'est que les élèves étaient beaucoup trop silencieux. Ils gardaient les yeux systématiquement fixés sur leur cahier. À croire que

croiser les yeux de Brisemine-Méduse pouvait les changer en pierre… Mais bon, peut-être qu'ils n'étaient tout simplement pas bien réveillés ?

Ce matin-là, il y avait au tableau une fascinante leçon de grammaire à recopier en silence. C'était poussiéreux mais inoffensif – sauf à mourir… d'ennui !

Je me suis demandé si le CIP pouvait se tromper. J'aurais voulu en parler à Julie mais impossible, elle était trois rangées devant moi, et le silence absolu empêchait de chuchoter dans l'oreillette. J'étais sur le point d'adopter ma **PÉTRIFICTOR ATTITUDE** – la grammaire

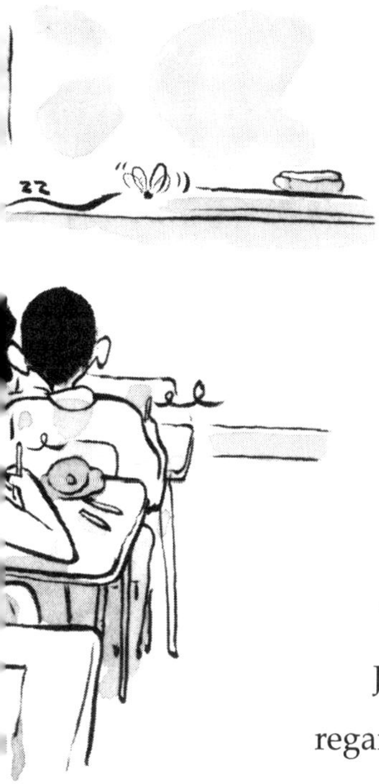

a toujours sur moi l'effet d'un puissant narcotique – quand la maîtresse s'est arrêtée net devant la petite Émilie.

– Qu'est-ce que c'est que ces lettres tremblotantes, ma petite ? Vous vous croyez au CP ? C'est inadmissible. Allez, hop. Au bureau, avec Miranda.

Julie s'est retournée, m'a interrogé du regard. Je n'y comprenais rien. Il n'y avait aucune autre élève au bureau, ni d'ailleurs de Miranda dans la classe, à en croire l'appel des élèves qu'elle avait fait en début de matinée (je retiens toujours très vite les prénoms des filles dans mes classes. Ça peut servir. Bon, pas là, mais… Bref).

Émilie était toute pâle.

– Non Madame, s'il vous plaît, pas ça ! Pas Miranda.

– **TOUT DE SUITE !**

J'ai fait un bond de vingt centimètres sur ma chaise, tout en notant mentalement sur ma fiche d'évaluation du sujet :

« Cordes vocales en titane, capacité pulmonaire force 10 ».

Mon voisin semblait terriblement tenté de disparaître sous sa table. Un bref regard autour de moi m'a appris que tous les élèves éprouvaient la même envie.

Émilie, en tremblant de tous ses membres, est allée au bureau comme si c'était une guillotine. À l'instant précis où elle montait sur l'estrade, la sonnerie de la récré a retenti. Elle s'est figée. Dans la classe, personne n'a fait le moindre mouvement. (*Ils restent assis ? Après la sonnerie de la récré ?? Ils sont fous... ???*)

Madame Brisemine a soupiré, puis lâché comme à contrecœur :

– Bien. Sortez. Pas vous, Émilie. Miranda ne prend jamais de récréation, vous le savez.

Son sourire immobile a eu l'air de s'élargir – à moins que ce ne soit ses yeux, soudain grands ouverts, qui m'aient donné cette impression...

Julie et moi sommes sortis les derniers, à regret. Mais on ne pouvait pas se faire remarquer dès le premier jour.

Dans la cour, je suis allé à la pêche aux infos. Un certain Quentin m'avait fait un signe de la main sympa à mon arrivée dans la classe. Alors...

– Salut... Quentin, c'est ça ?

– Ouais, et toi Alexandre. (« Vous gardez vos vrais prénoms ; ça évitera les bévues. Changer les noms suffira. Compris ? » « Oui, Monsieur Jones ».)

– Dis, c'est quoi cette histoire de Miranda ? Je comprends rien, là.

Il m'a regardé de bas en haut – vous savez, le regard « ce type est-il fiable ou va-t-il *cafter ?* ». On avait évidemment, dans notre panoplie de formation, le *Bovinus Oculus*, regard abruti très utile pour passer ce test, et variante du *Débilus Absolus*. En gros : la bouche légèrement ouverte, les yeux ronds et le menton un peu en avant (Non, pas comme ça. Un peu moins. Voilà, tu y es. Tu le fais très bien, d'ailleurs. On voit que c'est ton air naturel. Mais non, je rigoooole).

Ça a marché : Quentin m'a fait confiance.

– Difficile à comprendre pour un étranger, garçon. Quand on parle de Miranda à nos parents, ils haussent les épaules. La vieille leur semble inoffensive. On a même droit au couplet sur le respect des personnes âgées… N'empêche que nous, on *sait*. Miranda est terrifiante.

Ça commençait à m'agacer.

– Attends attends, mec. Quelle Miranda ? De quoi tu parles ?

– Miranda est une araignée, mon pote. Le genre XXL. Sous-genre velu, intrépide et bondissant. Sous le bureau. C'est là qu'elle est, Miranda. Et c'est là que la mère Brisemine nous met au piquet.

Ah.

Euh...

Problème.

J'ai senti des gouttes de sueur glacées glisser sur ma colonne vertébrale.

Je suis arachnophobe, les amis. Cette histoire de bêbête peut vous sembler ridicule si vous ne savez pas ce qu'est une phobie. Moi, je suis justement le gars qui va rester pétrifié, avoir d'horribles bourdonnements d'oreille et la nausée pour peu qu'une araignée entre dans son champ de vision. Les mouvements rapides des pattes en demi « m », les petits yeux luisants, les poils sur le corps quand il y en a, la toile collante avec ses fils tout fins : tout de l'araignée me file des sueurs froides et m'empêche de bouger un doigt en leur présence.

Dans mes pires cauchemars, la salle de classe est une gigantesque toile d'araignée et le prof a des pattes. Huit.

– Alex ? Ça va ? T'es tout blanc, là, d'un coup.

La sonnerie a retenti, beaucoup trop tôt. Complètement sonné, je n'avais pas eu le temps de prévenir Julie, qui menait sa propre enquête avec les filles.

Ni d'approfondir le cas d'Anthony, un gars de la classe resté à côté de nous pendant toute la discussion, et qui m'observait attentivement en se donnant un peu trop de mal pour ne pas croiser mon regard. C'était un costaud joufflu aux cheveux très noirs et très courts, avec de petits yeux et un nez pointu. En me voyant pâlir, il avait eu un sourire de faux derche assez inquiétant…

15

Retour au royaume de Miranda et Brisemine. La prof a fait sortir Émilie de sous le bureau, et quand la malheureuse a refait surface, j'ai reconnu sa peur, petite sœur de la mienne. Elle a regagné sa place en titubant un peu.

J'étais tétanisé. D'abord, je ne trouvais pas de point faible à Madame Brisemine. Elle ne donnait pas prise. Pas d'agressivité, d'insulte, de violence verbale ou physique. Elle pouvait élever la voix jusqu'à l'Éverest, mais sans la moindre trace de colère.

Par ailleurs, la perspective Miranda me brouillait la concentration.

Julie s'est retournée une ou deux fois en douce pour me regarder. Elle sentait que quelque chose clochait. J'ai tenté, tant bien que mal, de lui répondre…

… lorsque j'ai pris une boule dans le cou. Puis deux. Puis trois. C'était le dénommé Anthony, trois rangées derrière ma gauche.. Il calculait au millimètre les angles morts dans les allées et venues de Brisemine pour me viser. Il m'a pourtant semblé, une fois ou deux, qu'elle aurait pu le voir du coin de l'œil. Bizarre.

J'ai laissé faire, mais la taille des boulettes grossissait petit à petit, tandis que la fréquence des envois s'accélérait. Il devait en avoir une sacrée réserve dans le tiroir de son bureau.

Et soudain…

– **AÏE !**

Ça, c'est moi. Et pour cause : cette boule-là contenait une pointe de compas.

Madame Brisemine s'est retournée très vite.

– Un problème, Alexandre ?

– Non, Madame.

– En ce cas, sachez que dans ma classe, on ne fait pas de bruit pour rien. Miranda va vous l'apprendre. Au bureau.

Dans ces instants-là, c'est la fin, toute ta vie repasse devant tes yeux…

J'exagère ? À peine. En tout cas, tu penses très vite. Feindre l'évanouissement, supplier Brisemine à genoux, te révolter, tenter l'insolence frontale sans aucune analyse du terrain… Bref, j'ai bien failli faire tout ce qu'on m'avait appris à éviter dans la formation !

Mais plus que tout, je détestais l'idée de faire voir ma peur devant Julie… qui ne pourrait pas intervenir. Les instructions étaient formelles : « Vous ne vous connaissez pas, quoi qu'il arrive. C'est ce qui sera le plus dur pour vous. Si l'un de vous deux tombe, l'autre doit rester à son poste. Intervenir mettrait en danger toute l'Organisation ». (Je me suis dit d'ailleurs qu'à cet instant, Julie avait certainement actionné son stylo pour enregistrer la scène. Si je faisais un arrêt cardiaque, je servirais au moins de pièce à conviction.)

Je me suis levé. J'ai croisé le regard d'Émilie, qui m'a montré de façon presque imperceptible son poing serré. Tenir bon.

J'ai franchi péniblement les cinq mètres qui me séparaient du bureau, tandis que mes tympans bourdonnaient d'une sorte de brouillard sonore. Je me

suis accroupi, puis assis en dessous. J'ai eu beau éviter de regarder la toile et la tache noire qui s'agitait au centre, impossible de ne pas percevoir sa maléfique présence, ses pattes et ses, euh, yeux en pagaille (huit, il paraît).

Pendant la première minute, je me suis tassé dans le coin opposé, en essayant de calmer mon cœur qui menaçait de déguerpir hors de ma cage thoracique.

Et puis la toile a tremblé : Miranda bougeait.

Elle se déplaçait.

Vers moi.

Au cours de notre formation, on avait eu un paquet d'heures d'entretien avec un psychologue. Un peu honteux de ma phobie, je ne lui avais pas parlé des araignées. Juste des nombreux cauchemars que je faisais enfant, dans lesquels une *créature* essayait de me tuer, une maléfique créature à tentacules, griffes, serres, qui avait parfois le visage de mon frère (mais ça, je ne le lui ai pas dit non plus). J'avais été frappé par une phrase, qu'il avait lâchée en passant :

– Dans vos cauchemars, Alexandre, quand vous fuyez un monstre, mobilisez toute votre volonté, retournez-vous et *regardez-le*. Il disparaîtra instantanément, vous verrez.

J'ai bandé tous mes muscles, et j'ai commencé, millimètre après millimètre, à tourner les yeux vers Miranda. J'avais l'impression de pousser un semi-remorque avec ma joue gauche.

Et finalement, je l'ai regardée. Bien en face.

Et là, événement incroyable : elle a RECULÉ.

Mes neurones se sont remis à fonctionner. Écraser Miranda dépassait sans doute mes forces, et surtout c'était inutile : la mère Brisemine trouverait autre chose. Il fallait plutôt apprendre aux élèves à voir en quoi Miranda, *au fond,* n'était pas plus terrible que leur maîtresse. Elle l'était même beaucoup moins, puisqu'elle, on pouvait la faire reculer!

– Vous pouvez sortir, Alexandre.

Elle a dit ça avec douceur, cette sorcière.

J'ai fait très attention à ma sortie. Pas trop triomphante, mais pas trop honteuse. Il ne fallait pas qu'elle devine mon plan.

Les récréations des jours suivants ont servi à discuter avec les autres élèves. À ce stade de l'opération, il fallait les aider à *accoucher* eux-mêmes de la solution, grâce à des questions bien formulées, des pistes suggérées sans en avoir l'air. Méthode « socratique », comme disait Monsieur Karpov.

Premier angle d'attaque : la *visualisation*.

– Vous la voyez comment, Miranda ?

C'est Julie qui a lancé l'échange. Elle savait qu'aucun élève, même parmi ceux qui avaient été collés sous le bureau, n'avait eu le courage de regarder Miranda. Les descriptions allaient de « velue » à « hyper méga velue », « très très grosse » à « énormissime », « noir d'encre » à « écarlate maléfique »...

Julie a formulé sa réponse *ajustée* :

– Ben écoute, Al l'a bien regardée. Et en réalité, on est loin de ça. Voilà comment elle est, Miranda… À peu près 7-8 cm d'envergure, un corps de 2 cm. Noire. Pas de poils. On ne voit pas ses yeux.

Autre angle d'attaque : la *mise en situation*…

– En vérité, quand tu es sous le bureau, il ne peut rien t'arriver. Elle ne pique pas, ne mord pas. Et pendant ce temps, tu es hors de vue de Brisemine. La planque, quoi.

– Mais oui c'est vrai ! Tu vas voir, la prochaine fois, la vieille, je vais lui rire au nez !

– Ah non, garçon, c'est là qu'est l'erreur. Si tu fais ça, elle trouvera autre chose, et on sera revenus à la case départ. Tu sais les instits, c'est Cendrillon en version cauchemar : ils font les malins au bal pendant toute l'année scolaire, ils te font tourner (en bourrique) dans tous les sens, mais le 30 juin, ils se transforment en citrouille et leur pouvoir magique disparaît. Tu les quittes, et l'année suivante tu en auras un(e) autre. Ce qu'il faut, donc, c'est faire *semblant*. La laisser croire que son arme secrète fonctionne en apprenant tes leçons, pour ne pas l'énerver plus. La fin de l'année sera là en un clin d'œil.

– Bien vu, Julie. Je vais faire ça.

– Voilà. Et sinon… je me demandais si ce serait pas une bonne idée de donner l'astuce aux élèves de la classe du dessous, pour que le secret se transmette de génération en génération. Qu'est-ce que tu en penses ?

– Ah, mais carrément !

– Alors c'est parti. Une dernière chose : pas un mot de tout ça à Anthony. Je crois bien qu'il cafterait.

Anthony… De toute évidence, il nous surveillait. Julie non plus ne pouvait pas parler à quelqu'un sans sentir le regard de cette fouine sur lui. Elle se retournait, il était là à la fixer. Avec ses petits yeux sournois, il avait vraiment la tête du gars suspect. Mais on sentait aussi que notre mission touchait à sa fin, et on était contents d'avoir été aussi rapides. 24 heures, top chrono ! Un vrai commando, un modèle de *Blitzkrieg* (guerre éclair – vu ta tête, t'as rien écouté pendant le cours sur la Première Guerre mondiale, toi !).

On s'est même tapé dans les mains.

Julie et moi étions encore de grands naïfs. Mais plus pour longtemps.

16

Le soir, dortoir. On se doutait bien que le patron n'allait pas nous exfiltrer dès le premier soir. Il y avait un internat dans cette école, qui accueillait pas mal de gosses de la région. Le dortoir, en l'occurrence, était une pièce de la taille de la salle à manger d'un château. Impossible de communiquer avec Julie, qui était du côté filles, derrière un énorme paravent pour faire séparation.

Une non moins énorme plante verte placée devant le paravent empêchait les garçons d'espérer mater l'autre côté du dortoir.

Je n'ai pas trop aimé le rictus sardonique d'Anthony, ni les regards en coin qu'il me jetait. Pas plus que sa phrase, prononcée à voix basse, quand il a croisé mon chemin pour regagner sa couchette :

– Aujourd'hui tu as gagné un ticket d'entrée, tête de nœud. Pas sûr que tu sois à la hauteur, mais je te passe l'info : tu es le bienvenu chez **les Régulateurs**.

J'ai pris mon air « Debilus Absolus » pour éviter d'avoir à lui répondre, et je me suis éloigné. (Voilà la recette : **PÉTRIFICTOR** + bouche un peu ouverte + yeux à moitié fermés pour vider le regard).

Et soudain, arrivé à mon lit…

– Al ?

La voix de Julie, derrière moi.

Tremblante.

Hein ? *Tremblante*, la voix de Julie ? Qu'est-ce que… ??

Je me retourne…

… pour voir Julie et, derrière elle, une vieille femme, la main droite cramponnée à l'épaule de ma copine. Et dans l'autre main, une seringue, pointe posée sur son cou.

La vieille est très petite pour une adulte, très maigre, avec un nez de sorcière et un trait horizontal à la place des lèvres.

– **Bonsoir, mon garçon. Rector Jones vous attend, et il n'aime pas attendre. Pour ne rien vous cacher, il aime** encore moins qu'on ne se rende pas à ses invitations. Afin d'éviter une contrariété qui nous serait préjudiciable à tous, j'ai donc pris ce précieux auxiliaire que vous voyez dans ma main gauche. Le liquide dans la seringue, de notre invention, ne contient rien de mortel, rassurez-vous. Il a cependant le pouvoir de provoquer des souffrances assez insupportables, si j'en crois ceux qui en ont fait l'expérience.

Elle avait un air rêveur parfaitement terrifiant en prononçant cette dernière phrase.

J'ai hésité à lui sauter dessus. Elle l'a senti et a souri.

– **Une petite démonstration, peut-être ? Regardez bien cette plante.**

Sans lâcher Julie, elle a fait tomber quelques gouttes de la seringue dans la terre du bac, au pied de la plante verte. Celle-ci a jauni à toute allure et s'est recroquevillée. On se serait cru dans un film d'horreur. J'ai tenté la négociation.

– Oooookayyy… Peut-on au moins savoir qui vous êtes ?

Elle a levé les yeux au ciel, exaspérée. À vrai dire, le regard de Julie n'était guère plus aimable, et je l'ai traduit instantanément de la façon suivante : « Tu crois vraiment que c'est le plus urgent, boulet ? »

– **TOU-JOURS cette même question ridicule, comme si un nom avait une importance. Madame Cripply.**

– Et où se trouve votre carrosse, Madame ?

Ébauche de sourire. Le trait horizontal se courbe légèrement.

– **Nul besoin de jet privé cette fois, Monsieur Blécarovitch. Rector aime la simplicité. Il vous attend dans la salle de permanence, juste à côté. Précédez-nous, je vous prie.**

Précaution inutile, mère Cripply, me suis-je dit. *Pas seulement parce que je ne veux faire prendre aucun risque à Julie. Pour tout vous dire, vieille sorcière, je suis assez curieux de rencontrer ce fameux frère de Donald Jones…*

J'avais eu le temps de l'imaginer, depuis mon recrutement. Je voyais bien un croisement entre Dark Vador pour la cape et les habits noirs, et Voldemort pour le nez bizarre et la mine de papier mâché.

J'ai passé la porte…

17

Pour tout dire, je suis déçu.

En entrant, j'enregistre inconsciemment la grandeur de la salle, les tables en désordre, l'estrade au fond – (ça doit être pour le club théâtre: les murs sont couverts d'affiches de films et de photos de célébrités). Mais ce qui m'intéresse, c'est le type qui nous fait face, assis nonchalamment au bord d'une table, son attaché-case posé sur la chaise devant lui.

Et ce type-là ne ressemble pas du tout à un *Super-Méchant*. Un peu, en revanche, à Donald Jones, c'est vrai.

On a devant nous un sexagénaire bien conservé, tout de blanc vêtu, souriant, calme, barbe taillée, cheveux presque blancs, deux yeux bleus tout clairs. Et un regard chaleureux. En voyant Julie se placer à mes côtés, je prends conscience du fait que Cripply a disparu. Bon débarras.

Ma partenaire lance les hostilités, selon son habitude (*surtout* si on me l'énerve – et là, vois-tu…)

– Bon, vous êtes donc le dénommé Rector ? Vous n'avez pas le courage de porter vos messages vous-même, apparemment ? Vous savez où vous pouvez vous mettre votre seringue, Monsieur « J'aime pas qu'on me résiste » ?

– Formidable, Julie. J'ai une grande admiration pour votre courage. Pour la résistance que vous avez opposée à votre odieux père. Une jeune fille ayant votre potentiel et votre intelligence devrait être accompagnée, encouragée. C'est ce qu'il aurait dû faire, au lieu d'humilier et de maltraiter votre mère.

Interloqué, j'observe l'impassibilité parfaite de Rector Jones ; son grand sourire, la douceur de sa réponse, accompagnée d'un léger applaudissement. *Mains blanches, ongles soignés,* me dis-je en cherchant vainement des indices de férocité maléfique dignes de ce nom.

Juste un peu longs, les ongles.

Julie se tait, le regarde fixement. Décidément, Rector Jones est décevant. S'il s'imagine amadouer ma copine avec des compliments passe-partout…

(Hmmm, passe-partout ? Tu es sûr, Al ? Ils sonnent drôlement juste, quand même. Tu pourrais lui faire les mêmes…).

– Je sais ce que vous pensez, Alexandre. Et, pour vous répondre : je suis absolument sincère. Et je veux l'être tout autant avec vous, mon garçon, en vous disant que la façon dont vous remettez en cause la pédagogie de vos professeurs me semble superbement sensée, pleine de sagacité, et signifiée avec une science subtile.

Aussitôt, je passe en mode **PÉTRIFICTOR**. Il y a un peu trop de douceur dans son ton et de consonnes sssifflantes dans ses compliments. D'un coup, je pense au serpent du *Livre de la Jungle.*

Aie confiaaaance, crois en moi…

À la réflexion, ils sont vraiment longs, ses ongles.

Rector me regarde. Et il a soudain l'air infiniment triste. Il se laisse glisser de la table et marche tranquillement jusqu'à la fenêtre, les mains croisées dans le dos. Il ressemble assez à son frère, en fait. À se demander comment ils peuvent se combattre…

– Je suis habitué aux réactions négatives des agents du CIP. Donald n'a jamais accepté que je m'émancipe, et je sais qu'il vous a donné de moi une image diabolique, effrayante. Un beau manipulateur, Donald, soit dit en passant ! Il a toujours voulu me garder sous cloche. Il a toujours eu l'obsession du contrôle. Comme pour ses ridicules murs d'écran… J'échappe à son autorité de grand frère, et il ne l'accepte pas.

Silence. Rector se retourne et plante son regard dans le mien. Impossible de m'arracher à ce grand bleu qui luit sous ses paupières relevées.

– Vous souvenez-vous, Alexandre, du soir où vos parents ont décidé de délivrer votre frère des insultes et des brimades qu'il subissait chaque jour, en le sortant de l'école pour le garder à la maison ? Vous souvenez-vous des traces de crachats sur sa joue, des traces de coups sur son visage ? Les autres élèves lui faisaient endurer un calvaire, parce qu'il ne savait pas leur répondre. Je comprends tellement bien la souffrance de Valentin. Mais il…

– Laissez mon frère en dehors de ça.

Ma voix est sèche, une voix d'adulte que je ne reconnais pas moi-même. Je tourne enfin la tête, en évitant de croiser le regard de Julie.

Rector a un petit geste d'apaisement.

– Pardonnez-moi, Alexandre. Julie n'en laisse rien paraître, mais je devine que vous ne lui avez rien dit de Valentin. Un peu de honte, peut-être? Ce serait bien compréhensible. J'ai manqué de délicatesse, vous m'en voyez désolé. Bon. Venons-en au but de ma visite. Donald aime se donner de l'importance, épater ses nouvelles recrues avec ses installations high tech. Pour ma part, je me déplace en personne pour rencontrer les gens qui m'intéressent. Cela me semble plus respectueux, voyez-vous. Donald, disais-je tout à l'heure, transmet volontiers à ses agents une image odieuse et caricaturale de mes **Régulateurs**. Nous...

Julie lui coupe le sifflet:

– Vous quoi? Déjà, ils font quoi, au juste, ces **Régulateurs**?

– Je dirige L'E.R.S.I., L'ENTREPRISE DE RÉGULATION SCOLAIRE INTERNATIONALE. Nous nettoyons le syst...

– Vous appelez ça « réguler »? La vieille avec sa seringue, si on refusait de la suivre, elle me « régulait »? C'est ça?

Toujours ce sourire calme. Qui commence à m'énerver. Mais en même temps, il semble si... cohérent... sûr de lui...

Imperceptiblement, Rector Jones se rapproche de nous tout en parlant. En fait il a l'air de glisser sur le sol, ses mains ouvertes devant lui, genre « rien dans les poches, rien dans les mains, vrai magicien ». Ses ongles nous touchent presque.

– Vous que l'injustice révolte autant que la contrainte, Julie, vous pourriez me comprendre ! Le savoir *n'est pas* accessible à tous, vous vous en êtes bien aperçue. Et ce *n'est pas* au savoir de s'adapter aux élèves. Ceux qui ne sont pas capables d'y accéder freinent les autres sans rien en retirer ! Il n'y a pas la moindre haine dans ma démarche. Bien au contraire.

Je voudrais intervenir, le contredire, mais ma langue ne m'obéit plus.

Julie se charge d'occuper le terrain, heureusement.

– OK, donc « réguler », c'est éliminer les plus faibles, c'est ça ?

– Les retirer du système. Pour leur bien et pour le bien de tous, oui. Les mettre en sécurité, et permettre aux élèves adaptés d'avancer à leur rythme. Mais il y a autre chose. Je vais vous l'expliquer en prenant mon exemple personnel. Quand j'étais enfant, j'ai survécu à un nombre de brimades et de mauvais traitements que vous ne pouvez même pas imaginer. C'était terrible, inhumain... et cependant, cela m'a enseigné une vérité indiscutable : c'est la souffrance qui permet d'apprendre. C'est la souffrance qui permet de se connaître ! Vous le savez mieux que quiconque, tous les deux, n'est-ce pas ? Répandre la souffrance dans les salles de classe, comme le font mes agents, c'est amener chaque élève à se *révéler*. À devenir plus fort, pour ceux qui en sont capables – ou à aller voir ailleurs. Madame Brisemine, comme d'autres, l'a bien compris, et c'est ce qu'elle veut pour ses élèves. L'épreuve de Miranda vous a rendu plus fort, Alexandre. Vous ne pouvez le nier.

Nous nous sommes regardés. Que répondre à ça ? Rector savait ce qu'il faisait, quelques minutes plus tôt, en évoquant Valentin. Il m'a réduit au silence... Moi, depuis toujours, j'ai mal à mon frère. Tout le temps.

Ce type n'arrête pas de marquer des points, de gagner du terrain. Même Julie semble réduite au silence. Elle est blême sous ses taches de rousseur.

– Vous allez prendre le temps de réfléchir, mes amis. S'il y a un mérite que je reconnais à Donald, c'est qu'il forme bien ses agents. J'ai totalement confiance en vous. Je vous propose en réalité de procéder au tri que l'institution ne fait pas. Permettre aux forts d'avancer, protéger les faibles en les évacuant ! Après les avoir fait souffrir, oui, parfois, parce que c'est nécessaire : c'est souvent le seul moyen de leur faire comprendre l'inutilité, et même la nocivité de leur présence à l'école. Pour que l'humanité évolue, il faut une sélection des meilleurs. La plus naturelle possible.

– On y gagne quoi, en tant qu'agents ?

– Le bonheur de « nettoyer » le système scolaire, de permettre aux meilleurs de progresser. Et également...la réussite. Vous entrerez dans les meilleures écoles, les plus prestigieuses. Vous en sortirez riches. J'y connais beaucoup de monde – un monde qui n'a jamais intéressé mon pauvre idiot de frère idéaliste et... inutile. Inutile, en tout cas, au progrès de l'humanité.

Il y a eu quelque chose de très sec dans sa voix quand il a parlé de Donald Jones. Tout en prononçant ces mots, il a sorti de sa sacoche deux feuilles, qu'il nous donne. Deux contrats à notre nom. Juste assez de place pour une signature en bas. La nôtre. Je remarque une tache rouge un peu dégueu sous la sienne.

Julie essaie de reprendre la main.

– On signe avec quoi ? Notre sang ?

Et là accrochez-vous : il se rapproche de nous, se penche pour nous regarder bien dans les yeux, et le bleu des siens se fait soudain glacial.

– Tout à fait. Comme tous mes agents avant vous. Une goutte de votre sang, et du mien à côté. Un pacte de sang, car c'est la souffrance qui fait grandir.

– Et si on refuse ?

– En ce cas, je laisserai mes meilleurs agents s'occuper de vous sur un champ de bataille scolaire quelconque. Ce serait un énorme gâchis, vu vos capacités, mais enfin je m'y résoudrai, s'il le faut... Cependant, vous avez compris que nous savons tout de vos vies, de vos proches. Leurs habitudes. Leur lieu de résidence aussi... Vous aurez à cœur, j'en suis sûr, de les protéger. Prenez le temps de bien réfléchir. Madame Cripply viendra prendre connaissance de votre réponse dans quelques semaines.

Il se lève, nous salue et prend la direction de la porte sans se presser. J'ai le temps de penser que l'entretien est enfin achevé. Mais à cet instant, Julie lui lance très tranquillement :

– Et votre frère, qu'est-ce que vous lui faites payer, au juste, avec tout ça ?

Oups.

Il s'est retourné brutalement. Et nous voyons, l'espace d'une seconde, un autre Rector. Le calme sourire s'est métamorphosé en un rictus grimaçant, au-dessus duquel un regard de tueur nous pétrifie.

Il lâche sèchement :

– MÊLEZ-VOUS de vos affaires, Mademoiselle. Et des problèmes que vous devez résoudre. Ceux qui ont eu la sottise de me mettre en colère ne sont plus là pour en parler. Me fais-je comprendre ?

Il n'attend pas notre réponse pour sortir.

18

On est restés un moment sans se parler. Personne ne venait nous chercher dans cette grande salle à côté des dortoirs. Cela nous surprenait à peine : le pouvoir des frères Jones faisait maintenant partie de notre quotidien. Rector s'était employé à rouvrir nos cicatrices personnelles. Et il était suffisamment... déroutant pour qu'on ait besoin de digérer. Je me suis senti mal, plus encore que quand il était là. Et j'ai pensé à voix haute :

– C'est pas complètement absurde, ce qu'il dit.

Julie m'a regardé comme si un alien gluant venait de sortir de ma bouche.

Puis elle m'a parlé sur son ton « j'articule-bien-pour-que-tes-quatre-neurones-aient-le-temps-de-se-connecter » :

– Al, les gens qui défendent leurs idées à coups de seringue toxique ne peuvent pas être défendables.

– OK, je suis d'accord avec ça. Mais je n'avais jamais réfléchi au fait que les profs puissent penser te faire avancer, et même progresser, en te « secouant ». Et pour ce qui est des plus faibles… C'est vrai que mon frère, à l'école, ce qu'il a subi avant que… Bref, j'ai pas envie d'en parler.

– Si on doit affronter ce type, Al, il serait préférable de ne pas trop se cacher des trucs. Il percute vite, et c'est un prédateur : il attaque nos points faibles.

À ce moment, j'ai remarqué que la lumière bleue de la pleine lune nous faisait une tête de schtroumpfs. Mais je n'avais pas le cœur à rire. Après une longue hésitation, je me suis jeté à l'eau.

J'ai raconté Valentin à Julie.

À la fin, elle m'a souri. Elle avait déjà deviné l'essentiel, en fait…

Je me suis soudain senti beaucoup mieux. Le sourire de Julie faisait sourire aussi ses taches de rousseur. Et me mettait en apesanteur.

– Al, mettons-nous d'accord. Ton frère a droit au « savoir », pour parler comme l'Autre. Et il a aussi le droit de vivre avec les autres, malgré son handicap. Il doit y avoir une place pour *tous* les élèves, à l'école. Non, Valentin n'est pas un problème. La violence et l'intolérance des autres, si. Si tu apprends aux gens à « sélectionner », comme dit Rector, tu leur donnes raison.

C'est à cet instant que je me suis dit que Julie était vraiment, vraiment, plus grande que moi.

– OK. Bien sûr, tu as raison. Bon, en attendant, je pense que c'est un cas 24, non ?

– Mmmh… oui. Même à une heure du matin… Ne serait-ce que pour l'informer.

On s'est assis sur une table, elle a dégainé son stylo, appuyé sur le bouton spécial C 24.

– Bonsoir Julie – et Alexandre aussi, je suppose.

Je me suis souvent demandé si Donald Jones dormait, de temps à autre. Il répond toujours instantanément. Cette nuit-là, impossible de ne pas percevoir le soulagement dans sa voix.

– On vient d'avoir la visite de votre frère.

– Oui, oui. Bien sûr. Je suis au courant. Et c'est exactement ce que je craignais. Plus encore que vous ne l'imaginez.

– Mais vous nous l'aviez dit…

– … qu'il essaierait de nous contacter !

– Oui. Mais d'ordinaire, Rector attend des mois, voire des années avant de se lancer. Il guette le moment de lassitude, la période où l'agent commence à regarder de haut ceux qu'il doit aider, et à se dire que tout de même, ils manquent de force, de courage… Et là, Rector attaque. Le fait qu'il essaie de vous débaucher si tôt est exceptionnel.

– Il manque d'agents, à votre avis ?

– Non, Julie. Loin de là, hélas.

On a entendu un grand soupir au bout du fil – pardon, du stylo. Puis un grand silence.

– Bon, autant tout vous dire. Rector ne se contente pas de détourner mes agents. Il a lui aussi ses canaux d'information, ses agents recruteurs, dont Madame Cripply, par exemple. Et il vous suit depuis longtemps, à votre insu.

J'ai chopé le stylo des mains de Julie avant qu'elle ne l'envoie valser contre le mur – je commençais à bien la connaître. Comme elle ne pouvait pas hurler de colère, elle a filé un coup de poing dans le mur qui a fait tomber une respectable quantité de plâtre.

J'étais estomaqué, moi aussi.

– Il nous SUIT ? Mais pourquoi nous ?

— Votre rage, Alexandre. Parfois, mon frère me rappelle un vampire, qui se nourrirait de rage. Votre colère, vos capacités, votre allergie aux injustices, tout cela forme un alliage d'une pureté qu'on rencontre rarement. Le fait que je vous recrute avant lui l'a mis dans une fureur que je ne lui ai jamais connue.

– Il a parlé de nos familles…

Un long silence de plus…

— Ça aussi, c'est nouveau. Le secret est vital pour nos activités: s'attaquer aux familles attirerait immédiatement l'attention des autorités. Ça ne lui ressemble pas. Bon. Demain, on est vendredi: vous faites un break ce week-end pour digérer tout ça, et ensuite je vous mets au centre quelques jours ensuite avant la mission suivante. On va laisser Rector refroidir un peu. Et je mets en place un plan de protection de vos familles, 24 heures sur 24. J'en fais une priorité.

En l'écoutant, je regardais Julie, qui s'était mise à la fenêtre. Elle me tournait le dos. Mais en voyant ses épaules qui se soulevaient régulièrement, j'ai bien compris qu'elle étouffait ses sanglots.

À cet instant précis, j'aurais volontiers fait de Rector Jones mon punching-ball personnel.

19

On a digéré, en effet. On aurait bien regretté notre vie d'avant, si insouciante, mais de savoir que même là on était épiés, disséqués, à l'insu de nos parents, brrrrr... Donald Jones nous a beaucoup parlé – et, heureusement pour lui, sans faire le malin.

– Oui, bien, sûr, je ne suis pas fier de cette partie-là de mon travail. Mais espionnés, Alexandre, nous le sommes tous, aujourd'hui. Dès que vous vous promenez sur Internet, vous êtes tracé, suivi, parfois manipulé... Et ces caméras de surveillance, en ville, partout ! Ce qui compte vraiment ce sont nos valeurs, nos combats. Notre liberté est là. Personne ne peut vous prendre ça.

Mouais.

Julie a eu un geste impatient quand je lui ai rapporté ça, et elle a marmonné :

– De toute façon, il y a longtemps que je les aurais envoyés promener, lui et l'autre psychopathe. Mais toi…

Puis nous sommes repartis sur le terrain. Les missions suivantes nous ont beaucoup servi. Pas de **Régulateurs** en vue, *a priori*.

On apprenait le boulot sur le terrain : à chaque situation sa stratégie.

La victime suivante de notre duo fut Madame Harpia. On était dans une classe de 4e. L'idée que des gens qui avaient presque notre âge puissent être condamnés *toute une année* au supplice des cours de français de Madame Harpia nous a très vite été insupportable. Dès la deuxième minute de cours, en fait. Dès qu'elle a dit, ou plutôt hurlé :

– Je faiiiis l'appeeeeel !!

Il ne nous a pas fallu plus longtemps pour comprendre ce qui n'allait pas chez cette femme : Madame Harpia pratiquait la pédagogie du hurlement. Elle détruisait méthodiquement les tympans de ses élèves. C'était la Castafiore du cours de français. Les élèves l'appelaient « Décibella » pour les plus polis et « Gueuh-Lanta » pour les autres ; il faut dire que cette grande femme tout en os et en angles était aussi sexy qu'un cahier de vacances de 1953.

Elle arpentait les rangées lentement… en braillant son cours. Ses phrases montaient de deux, voire trois octaves entre leur début et leur fin, avec un cri terrifiant en guise d'exclamation finale :

– Mais c'est incroyaaaaable d'être aussiiii peu concentrééééés et attentiiiifs, ENFIN !

Le spectacle était aussi horrible à voir qu'à entendre : là où tout autre qu'elle se serait décroché les mâchoires en quelques secondes, Madame Harpia les ouvrait autant qu'un crocodile, au point d'exhiber sa glotte et son épiglotte.

Je pense que les plus fragiles faisaient des cauchemars dans lesquels ils étaient avalés par leur prof de français.

Quelques gars de la classe avaient tenté les boules Quies : mauvaise pioche. Car parfois, sans prévenir, elle se mettait à chuchoter entre deux beuglantes, et fonçait soudain sur ceux qui ne paraissaient pas l'entendre ! À la fin, son bureau était jonché de boules Quies (et de listes de punitions).

Bref : un volcan vocal en éruption permanente.

À la récré, les victimes nous ont livré leurs diverses tactiques diverses : boule Quies dans une seule oreille, morceaux de gomme ou boules de papier pour atténuer le choc sur les tympans (mais petits, sinon on retombait dans la rubrique boules Quies-punition foudroyante), et bien sûr, Doliprane pour les migraines.

Mon voisin Louis m'a raconté une expérience édifiante :

– Mon père travaille sur des chantiers. Il m'a prêté un sonomètre, ça mesure les décibels. Eh ben mon vieux, écoute ça : Harpia est à 85 de moyenne, avec des pointes à plus de 100. Mon père n'a pas voulu me croire quand je le lui ai dit : « 'tends gamin, 100, c'est un marteau-piqueur, tu exagères, là ».

Comment réduire la martelpiqueuse au silence ?

Julie et moi avons échangé nos analyses préliminaires par l'intermédiaire des oreillettes, en les notant au fur et à mesure.

Notre protocole d'analyse est calqué sur celui des élèves lors des premiers cours, tous ces trucs que tu remarques presque sans t'en rendre compte : habillement, allure générale, puis gestes, déplacements, failles éventuelles (les tics que tu peux imiter à la récré dès la fin du premier cours, notamment). Et aussi mimiques, habitudes, manies récurrentes (par exemple : la majorité des profs sortent TOUJOURS leurs affaires de leur sac de la même manière en début de cours, et disent toujours – ou pas – « Bonjour » de la même façon.). Ça te donne une fiche signalétique du mammifère enseignant concerné.

– Elle se déplace trois fois par heure dans la classe.

– … et toujours en partant de la gauche.

– Elle met 56 secondes à faire le tour de la classe, depuis la descente d'estrade jusqu'à la remontée.

– Son regard n'est pas circulaire, il reste toujours fixé sur un point précis. Pour le déplacer, elle tourne la tête de gauche à droite brutalement, comme une autruche.

– À 90 degrés. Elle couvre visuellement toute la classe, sans angle mort.

– Exact.

– Tu l'as vue inspirer, Ju ?

– Oui, regarde-la bien : c'est juste après le premier mot de ses phrases. Mais quelquefois, elle en sort deux ou trois de suite, sans reprendre son souffle. Grosse capacité pulmonaire, donc. Dans ces cas-là, elle ouvre la bouche plus grand en baissant un peu la tête. Comme une chanteuse d'opéra, en fait.

– Oui, c'est dans ces moments qu'on peut voir sa glotte, par temps clair.

– Elle se gratte souvent le sourcil gauche.

– Elle ne croise jamais les doigts.

– Mais en marchant, elle les frotte – ceux de la main droite sur ceux de la main gauche.

C'est la partie fastidieuse du boulot, ça, voyez. Mais c'est parfois nécessaire pour trouver l'angle d'attaque. Angle que nous avons bien cru ne pas trouver dans l'affaire Harpia.

20

On s'est d'abord débrouillés pour prendre un enregistrement sonore de la cible. Rien de plus facile : j'ai fait exprès de l'interrompre sans lever le doigt, sachant fort bien que cela exaspère *n'importe quel adulte* quand c'est un enfant qui l'interrompt.

(Alors que lui ne se prive pas de le faire avec ses enfants, mais c'est un autre sujet.)

(Mais quand même.)

Donc, après avoir fait signe à Ju, qui a aussitôt enclenché le stylo magique, je me suis lancé :

– Mais Madame je ne suis pas d'ac...

Je n'ai pas pu aller plus loin. Malgré ma farouche détermination à terminer ma phrase, j'ai été brutalement submergé par un terrible tsunami de décibels ! Les vitres et les élèves en ont tremblé.

L'enregistrement aurait pu constituer, en soi, une preuve convaincante, mais il fallait se rendre à l'évidence : toutes les classes voisines entendaient le cours de Madame Harpia, et personne n'avait jamais réagi. Par ailleurs, après l'affaire Bralourd, Donald Jones m'avait « recadré » sur ce point : le stylo magique doit rester secret, et ses enregistrements, sauf cas extrême, ne peuvent pas être rendus publics.

C'est alors que j'ai pensé aux boulettes contenues dans le sac, et qu'une idée a germé dans mon esprit. Je l'ai exposée à Julie. La mise en œuvre lui semblait compliquée et elle n'était pas emballée, mais elle a fini par admettre qu'on n'avait pas mieux pour l'instant. Je me suis donc entraîné le soir même à manœuvrer correctement la doublure intérieure du sac, là où se trouvait le lanceur de boulettes en papier, comme on nous l'avait appris en formation. Maniement délicat pour une mééécanique de prééécision, nous avait dit

Dan Looney. Si tu appuyais un peu trop fort sur le lanceur, toutes tes boulettes étaient expulsées du sac. Heureusement qu'elles étaient recyclables.

Ensuite, nous avons patiemment attendu qu'arrive un jour de mauvaise humeur harpienne.

Ce fut – pas trop tôt ! – un mercredi matin, après 23 cours à s'épuiser les tympans et les neurones. Nos observations préliminaires nous permettaient une déduction formelle : quand elle s'est levée de mauvais poil, Harpia pose son sac sur le bureau sans rien dire, et balaie la salle du regard en soufflant bruyamment avant de prendre la parole. Ce qu'elle venait de faire.

– *C'est parti*, m'a chuchoté Julie dans l'oreillette.

J'ai attendu l'alignement de planètes idéal : pic de mauvaise humeur, placement de Madame Harpia à cinq mètres de ma table sur ma droite, et reprise de souffle entre deux phrases.

À 9 h 34, c'est arrivé. J'ai alors actionné le sac.

La boulette fut propulsée exactement là où je l'espérais : dans sa glotte.

Nous n'avions évidemment aucune intention de lui faire mal : il s'agissait seulement de, disons, la faire baisser d'un ton (ou deux), en lui faisant un peu peur.

On a réussi, mais pas de la façon qu'on espérait. Elle s'est étranglée, a toussé, et recraché la boulette.

Elle l'a regardée quinze bonnes secondes sans rien dire.

Et puis elle a relevé la tête. Elle était rouge de colère. Elle a longuement repris son souffle, inspiré un grand coup…

(Dans la classe, c'était « tous aux abris » ! Disparaître sous la table, se fourrer la tête sous son cahier, se boucher les oreilles en se recroquevillant comme un bernard-l'ermite : tout était bon pour nos camarades. Si les fenêtres avaient été ouvertes, certains auraient sauté.)

… et les décibels ont déferlé sur nous.

Et puis, au beau milieu de son assourdissant ouragan de rage, Madame Harpia a laissé échapper un petit « couic ».

Sa bouche est restée ouverte ; elle criait toujours, mais aucun son ne sortait.

Extinction de voix.

– *On tient peut-être quelque chose, là,* m'a soufflé Julie dans l'oreillette.

Les jours suivants, j'ai entraîné plusieurs élèves au lancer de boulettes (bien que Julie ne soit pas du tout d'accord avec l'idée).

La suite de la mission a été laborieuse, mais productive. Dès qu'elle reprenait ses hurlements, une boulette venait calmer le jeu, jaillissant d'un endroit qu'elle n'avait pas dans son champ de vision. La glotte comme piste d'atterrissage, toujours.

Cependant, Julie n'était pas vraiment contente de la tournure des événements. Et, pour tout dire, j'étais moi-même un peu mal à l'aise.

– Alexandre (quand elle est furax, elle m'appelle par mon prénom complet), c'est nul, cette stratégie. On n'a rien réglé, en fait. On a juste déplacé le problème. Le jour où Madame Harpia va en choper un sur le fait, elle va le massacrer. Et en plus, c'est dangereux pour elle.

– Je sais, je sais. Mais qu'est-ce qu'on peut faire ?

– Lui parler. C'est la seule stratégie possible. Et je vais le faire.

Le lendemain, à la fin du cours, j'ai vu Julie marcher d'un pas décidé vers le bureau, et demander à Madame Harpia si elle pouvait « lui dire un mot » – j'ai évité de trop m'approcher car, en vertu de notre règlement, je ne devais surtout pas avoir l'air de m'intéresser à elle plus qu'à une autre élève (« Autant que possible, dissimulez votre statut de binôme. Ne communiquez que secrètement »).

À ma grande surprise, la prof n'a montré aucun signe de colère pendant que Julie parlait. Elle l'a écoutée attentivement et a même esquissé un demi-sourire, avant de sortir sans répondre.

– Qu'est-ce que tu lui as dit ? Elle n'a pas crié…

J'ai récolté le haussement d'épaules que je commençais à bien connaître (traduction : « Quand vas-tu te décider à grandir, boulet ? »)

– Pourquoi veux-tu qu'elle hurle sur une gamine qui fait la moitié de sa taille ? Devant trente élèves, tu t'imposes avec tes armes, comme tu peux. En face-à-face, c'est différent. D'ailleurs, je ne lui ai rien dit d'autre que la vérité : que je m'inquiétais pour ses cordes vocales, nos tympans et sa santé. Et que je n'étais pas la seule dans ce cas.

Au début du cours suivant, Madame Harpia a posé son sac sur son bureau. Très doucement. Elle avait un sourire qu'on ne lui avait jamais vu. Un sourire… malicieux ??

Sans un mot, elle s'est plantée devant nous et nous a regardés l'un après l'autre. Puis, dans le silence absolu et tétanisé de la classe, elle a dit :

– *Un homme qui crie n'est pas un ours qui danse.*

Et après un temps, elle a ajouté tout bas, toujours en souriant, comme si elle se parlait à elle-même :

– *Salut cri rauque… Torche de résine… Fou à hurler je vous salue de mes hurlements plus blancs que la mort.*

Bon, là, j'avoue, on a un peu paniqué. On s'est dit qu'on l'avait rendue folle – elle a dû le sentir car elle a enchaîné, toujours en souriant :

– Ce sont des vers d'un grand poète martiniquais, Aimé Césaire. Vous allez écrire un poème sur le thème du cri. La suite de : « Un homme qui crie n'est pas un ours qui danse ».

– Mais ça veut dire quoi, Madame ?

– Ça peut vouloir dire quelque chose de différent pour chacun de vous.

– Mais on ne peut pas écrire la suite si on ne comprend pas…

– Vous pouvez écrire la suite pour essayer de comprendre, justement. Et vous avez le droit de dire pourquoi vous n'aimez pas les cris, et de le crier par écrit. De l'« écrier », disons. Soyez sincères.

À partir de là, on a senti que la mission était terminée. Au cours suivant, Madame Harpia a affiché les poèmes dans un coin de la classe. Elle a appelé ça « LE COIN CRI ».

– Si je vais de ce côté-là, c'est que vous êtes en train de m'énerver. Au lieu de crier, j'irai là. Vous saurez ce que ça veut dire.

Une semaine plus tard, on changeait d'école.

Aussi longtemps qu'on avait dû se concentrer sur Madame Harpia, notre inquiétude était passée au second plan. Mais une fois la mission accomplie, les menaces de Rector sont vite redevenues notre principal sujet de discussion.

– Il nous a peut-être oubliés ?

Julie était moins optimiste que moi.

– Alexandre, un garçon de ton âge n'est plus censé croire au Père Noël. Rector ressemble assez à mon père pour que je puisse te l'affirmer : il ne lâchera pas ses proies si facilement.

Au moment du transfert, on a pu échanger avec Donald Jones. Il n'a pas été très rassurant :

– Ne vous faites aucune illusion. Il va vous laisser gamberger un moment, mais il vous enverra Cripply quand il vous pensera mûrs. Il faut vous y préparer. J'ai confiance en vous. Vous êtes assez forts, ensemble, pour lui tenir tête.

21

Je ne vais pas vous raconter toutes nos missions, ce serait trop long. Toutes étaient différentes, certaines m'ont plus marqué que d'autres.

Anissa, en particulier, est un bon souvenir.

C'est à cette occasion qu'on a constaté que le CIP s'attaquait bien aux *injustices*, et pas (forcément) aux profs. Dans cette classe de 4e, Anissa se faisait méchamment harceler, chaque jour, par trois élèves. Au début il y avait eu des regards moqueurs, quelques blagues bien lourdes, des poussées dans l'escalier. Devant l'absence de réaction des autres élèves, ils étaient passés à la vitesse supérieure.

Anissa était toute ronde, avait des cheveux longs, très noirs, un sourire presque aussi joli que Julie. Et elle avait tout le temps l'air de s'excuser d'être là... Une vraie timide, en somme. Donc, une proie facile pour certains.

En classe, les trois malfaisants ne se faisaient pas remarquer. Mais dès qu'on passait la porte du cours, ils se mettaient derrière elle, et ça démarrait :

– Hé, la truie, tu bouches le paysage !

– Ça va bibenda ?

– Petite cochonne, gentille petite cochonne, tu me laisses passer ? Non ? Alors, je vais souffler, souffler, et tes bourrelets s'envoleront !

Vous voyez le niveau des boulets...

Très vite, Julie a su devenir sa confidente.

– Tes parents sont au courant ?

– Non, ils se font assez de souci comme ça avec ma maladie... J'ai un rein qui ne marche pas super bien, tu vois ? Mon surpoids vient de là, en fait.

(Nos oreillettes, quand on les pressait légèrement, s'ouvraient à un rayon d'action plus important : elles nous permettaient d'entendre ce que disait, mais aussi ce qu'entendait notre binôme.)

– Et les profs ?

– Ils ne me croiraient pas. T'as bien vu, les trois ne se font pas remarquer, et ils sont plutôt bons élèves.

– Alors personne ne se rend compte de rien ?

– Ah ben si, tous les autres dans la classe. Jordan, Kevin et Maxime se vantent de me faire pleurer ! Inès, ma voisine de table… elle m'a dit qu'ils ont mis des photos de moi sur Internet avec des commentaires pas sympas du tout, tu penses bien. J'ai pas d'ordi, mais ça me fait quelque chose, quand même.

– À moi aussi, Anissa, je t'assure. Et on ne va pas les laisser continuer.

Ce que vivait Anissa nous a mis dans une rage folle. Si je n'avais pas été agent du CIP, j'aurais bien retravaillé la dentition de ces crétins, histoire de marquer le coup.

Oui… sauf que si je faisais ça, ils recommenceraient à la minute où on serait partis. En réalité, c'était sur Anissa qu'il fallait s'appuyer ; sinon, elle attirerait d'autres relous. Il fallait lui apprendre à se défendre.

La classe d'Anissa était peuplée de gens plutôt sympas, mais nous avions pu noter qu'ils ne s'étaient pas révoltés contre le trio de harceleurs. On a assez vite pu identifier le meneur, Maxime, un beau blond aux yeux bleus qui en faisait soupirer plus d'une au collège. Julie m'a bien fait rire en imitant les minauderies fascinées de certaines : « Non mais Julie t'as vu, Maxiiiime il est siiiii miiiiignon ! ».

Kevin et Jordan étaient beaucoup moins « populaires ». Leur principal (pour ne pas dire unique) sujet de discussion était le PSG et ses stars.

Nous avons appliqué sur Maxime la technique du « scan » qu'on pratiquait sur les professeurs. Ça nous a pris un certain temps, mais nous avons fini par trouver un défaut à cette cuirasse lisse de bon élève. Sans doute pour frimer un peu, Maxime adoptait en marchant dans la cour une démarche qui devait dans son esprit se rapprocher du gros dur ou du cow-boy… mais lorsqu'il devait accélérer pour telle ou telle raison, elle évoquait irrésistiblement le dandinement du canard : genoux écartés et pointe des pieds tournée vers l'extérieur.

Puis on a mené une discrète petite *campagne d'information…* non pas pour cibler Maxime, ce qui aurait été prématuré, mais pour attirer l'attention des autres élèves sur la victime. J'ai passé beaucoup de temps à discuter.

– Tu sais que Maxime et ses potes harcèlent Anissa ?

– Euh… Je les ai vus se moquer d'elle deux ou trois fois, mais « harcèlement » faut pas pousser, hein.

– Ah bon ? Mais c'est quoi, ta définition du « harcèlement » ? Elle y a droit tous les jours à toutes les récrés, ou presque.

– Ah ouais ? OK. Bon, j'avoue, c'est pas très cool, c'est vrai ; mais elle l'a un peu cherché.

– Tu trouves ? Elle n'est pas sympa ?

– Ah si, si. Mais bon, t'as vu comme elle est grosse…

– D'accord. Donc, tu trouves ça normal de harceler les « grosses », comme tu dis ?

– Ben… Elle ne se respecte pas, faut dire…

– Ah bon ? Parce qu'elle a choisi d'être malade, à ton avis ?

– Je savais pas qu…

– Pour ça, il aurait fallu au moins te poser la question, garçon.

Il y en a trois qu'on n'a même pas eu besoin de convaincre : Marie, Fatima et Anaïs. Trois inséparables – sauf en classe, où les profs s'étaient dépêchés de les séparer pour cause de bavardages.

Julie avait à peine abordé Fatima que Marie laissait éclater sa colère :

– Je t'assure, Julie : si j'étais un mec, ils en prendraient pour leur grade, ces trois abrutis ! En primaire, il y avait deux gars qui m'insultaient parce que j'étais hyper maigre. Je sais ce que c'est.

– Pas besoin d'être un mec pour l'aider, je pense.

Fatima a répondu, plus calmement :

– Ils s'en prennent à elle parce qu'elle ne sait pas comment leur répondre, Marie.

– Pourquoi ne pas lui apprendre, alors ?

Anaïs avait l'air songeuse.

– J'étais comme elle, avant. Quand tu n'as pas de copines, c'est dur. Quelquefois, tu as l'impression que les autres ont *raison* de se moquer de toi...

– Raison de plus pour l'aider, alors ! Au fait, les filles : puisqu'on parle de Maxime, vous avez vu comment il marche dans la cour, là ?

En parallèle, Julie travaillait Anissa au corps.

– Pourquoi tu te laisses faire ?

– Je sais pas. Qu'est-ce que tu voudrais que je fasse ?

– Disons… arrêter d'avoir peur d'eux, pour commencer. Pour se mettre à trois contre toi, ils ne doivent pas être bien courageux. Réponds-leur, au moins une fois ! Et s'ils s'en prennent à toi, on va bien voir.

À force d'insister, elle a fini par la convaincre.

– OK. Demain, je lui réponds. Mais tu restes avec moi, hein ?

Le lendemain, Julie a prévenu Marie, Fatima et Anaïs puis elle s'est calée quelques mètres derrière Anissa au moment de sortir en récréation. Les trois filles leur ont emboîté le pas.

Maxime et ses deux acolytes se sont intercalés devant elles : c'était le but recherché. Je suis resté discrètement à quelques mètres pour intervenir si ça tournait mal.

– Oh, la gro…

Anissa s'est retournée d'un bond.

– Lâche-moi le mollet, Maxime. Tes aboiements, ça va cinq minutes, et tu as autant de vocabulaire qu'un gamin de cinq ans. La maternelle, c'est juste à côté.

Maxime est resté pétrifié. Ça nous a laissé le temps de les encercler. Kevin et Jordan n'en menaient pas large.

– Quoi, quoi ? Attends, mais je te…

Marie ne l'a pas laissé finir :

– Tu la rien du tout, imbécile. À trois contre une seule, c'est facile, mais là on est cinq, alors vous faites quoi les « courageux » gros rageux ?

Jordan et Kevin ont hésité. Marie avait parlé très fort, il y a eu un attroupement, et un surveillant a commencé à regarder ce qui se passait. Il s'est approché assez vite, et Maxime – qui ne voulait pas perdre la face – a lâché :

– On se retrouvera à la sortie. Vous allez le regretter.

– Ils vont regretter quoi, Maxime ? a dit le surveillant. Qu'est-ce qui se passe ?

Marie lui a souri.

– Rien de grave, Monsieur. Maxime va réfléchir au… rapport de force. Hein, Maxime ?

À l'heure de la sortie, les trois gaillards ont laissé passer Anissa devant eux dans le couloir en la toisant d'un air menaçant.

Julie a retenu le bras de Marie qui voulait rester à côté d'elle, et lui a chuchoté quelque chose à l'oreille en sortant juste devant les trois gars. Marie a pouffé, et passé le mot à ses copines. On est restés un peu en arrière, bloquant le passage aux garçons. Dans la cour, Maxime et les

deux autres nous ont bousculés et dépassés pour rattraper Anissa ; du coup, Maxime a commencé à se dandiner pour accélérer. Marie, qui n'attendait que ça, a crié :

– Hé, « Coin Coin Maxime » ! Attention à ne pas t'emmêler dans tes palmes !

Tous les autres, derrière nous, ont éclaté de rire. La « popularité » du garçon a bien diminué !

Les jours qui ont suivi, Jordan et Kevin ont pris leurs distances avec leur pote.

Anissa a rejoint le groupe de Marie. Un jour que Maxime passait à proximité Marie a lâché :

– Tiens, voilà « Coin Coin Maxime ».

Anissa s'est presque mise en colère.

– Ah non, Marie ; on ne va pas lui faire ce qu'il m'a fait.

Maxime, d'abord surpris, a levé le pouce à destination d'Anissa.

J'aime bien me souvenir de cette mission-là. Ni Julie ni moi n'avons parlé directement à Maxime ou aux deux autres, ils ne pouvaient donc pas se douter qu'on était à l'origine de la révolte d'Anissa. On était libres de s'en aller sans craindre qu'ils recommencent.

Mission accomplie.

Alors, ces applaudissements, ça vient ?

On va en avoir besoin pour la suite.

BONUS N° 3, PAR JULIE

CLASSIFICATION DU GROS RELOU DANS SON MILIEU NATUREL

(EXPOSÉ RÉALISÉ EN COURS DE STRATÉGIE.

APPRÉCIATION DE MONSIEUR KARPOV : *« L'EXPÉRIENCE PERSONNELLE DE L'ÉLÈVE L'A CONDUIT À UNE CLASSIFICATION PERTINENTE. IL RESTE, COMME AGENT DU CIP, À AFFINER LES STRATÉGIES »*)

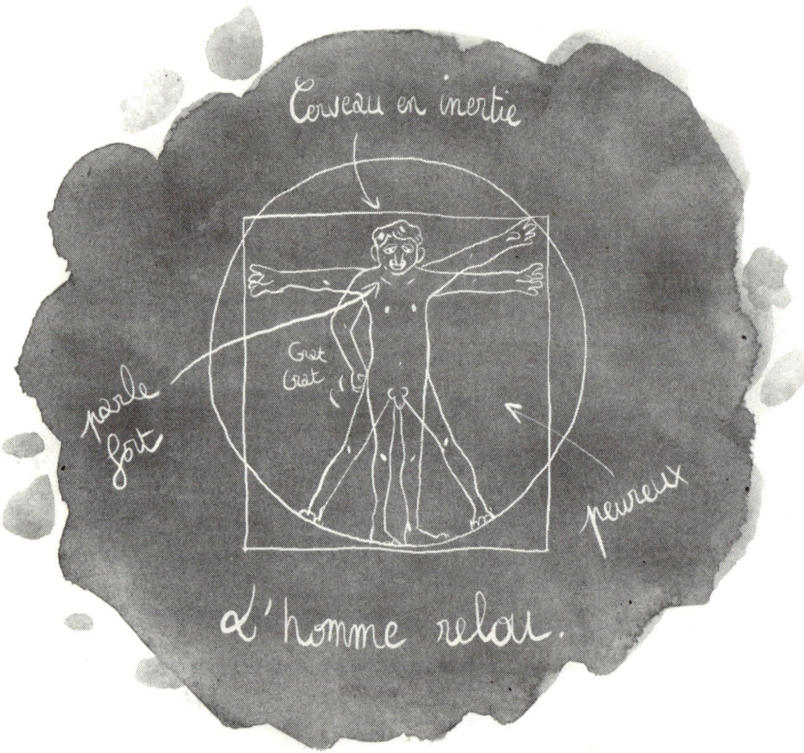

MA LEÇON DU JOUR : *identifier les gros relous et trouver les moyens de les neutraliser.*

HISTOIRE

On trouve des traces de gros relous un peu partout dans l'Histoire. Chronologiquement, le premier a mis sa grosse papatte un peu partout sur les parois d'une caverne pendant que ses potes peignaient de magnifiques animaux dessus, il y a 30 000 ans. Souvent de sexe masculin, le gros relou a toujours bien aimé abîmer son milieu naturel et malmener ses contemporains, tant que cela ne présente aucun danger pour lui.

Gros relous célèbres : Néron, Attila, Donald Trump.

CLASSIFICATION

Le gros relou appartient à l'espèce « prédateur peu courageux ». Il bat facilement en retraite devant l'obstacle, un peu comme les hyènes dans la savane.

RÉPARTITION ET HABITAT

Statistiquement, aucune salle de classe sur le territoire français (ni, à ma connaissance, au-delà) n'échappe à la présence d'au moins *un* gros relou.

Ses habitats privilégiés : la cour de récréation et les réseaux sociaux (où la grosserelouterie peut, en plus, devenir contagieuse et anonyme) ; plus rarement, la salle de classe.

BIOLOGIE ET COMPORTEMENT

Le gros relou est une espèce de forme variable, et parfois détectable à l'œil nu. Il marche par exemple torse bombé et les épaules en avant. Notons que ce bipède existe également en version femelle : la grosse reloue. Elle a en commun avec le gros relou de parler très fort avant de réfléchir, et d'écouter très peu ses congénères.

Les scientifiques assurent que, aussi surprenant que cela puisse paraître quand on l'observe en action, le gros relou a un cerveau. On en déduira qu'il ne sait pas s'en servir.

ORGANISATION ET COMPORTEMENTS SOCIAUX

Le gros relou a toujours l'air sûr de lui, dès lors qu'il évolue dans un de ses milieux naturels. Il s'entoure souvent d'autres gros relous aussi peu courageux que lui. Or, la bande de gros relous est plus dangereuse que l'individu seul. Dès le début de l'année scolaire, elle cherche une proie, et s'acharne sur elle.

Faute de savoir réfléchir, le gros relou fonctionne par sentences définitives : « Cette fille s'habille n'importe comment ». « Les gens qui bossent à l'école, c'est des nuls ». « La grosse, là, elle devrait faire un régime ». « Les handicapés, ils servent à rien ».

Le gros relou essaie parfois de se mesurer au prof, mais bat en retraite s'il sent qu'il ne va pas gagner le combat.

Pour neutraliser le gros relou, il faut donc démontrer qu'il manque de courage si on lui tient tête à plusieurs, et que ses sentences sont stupides.

22

C'est après cette mission que les grandes vacances sont arrivées.

Je n'avais pas du tout envie de passer deux mois sans voir Juju, mais c'était le prix à payer : aucun contact entre les agents hors missions. De plus, je n'avais pas oublié les menaces de Jones à l'égard de nos familles, et ça me rassurait un peu d'être avec eux.

Le premier jour, selon son habitude, ma mère m'a envoyé chercher Valentin pour déjeuner.

Je n'avais plus d'appréhension à le faire. D'abord parce que je savais désormais me défendre, mais surtout parce que mon nouveau métier me rendait plus apte à *anticiper* les agressions de Valentin, ce que je n'avais jamais su faire avant de devenir agent secret. En scannant mon frère, j'ai pu observer quand son regard devenait un peu trop fixe, quand il se crispait légèrement; bref, les signes avant-coureurs d'une crise de colère…

Et lui, de son côté, se tenait plus à distance. Il m'adressait parfois des demi-sourires un peu tristes. Petit à petit, j'ai pu me rapprocher de lui, échanger des regards, le prendre à témoin quand on était ensemble, à table.

– Quoi ? Encore des légumes verts ? Mais Maman, on en a déjà eu ce midi, hier soir et hier midi !

– C'est bon pour votre santé. Surtout en pleine croissance. Je préfère ne pas savoir ce que tu manges dans ta pension, mais ici au moins, je peux le contrôler.

– En pleine croissance, justement, il faut des pâtes. Comme les sportifs. Demande à Valentin. Val, tu préférerais pas des pâtes ?

Et Valentin de hocher vigoureusement la tête en me regardant, pouce levé.

À la fin des vacances, quand je suis parti, pas d'étreinte assassine: Valentin m'a gratifié d'une poignée de main. Et d'un regard légèrement embué.

Oui, Julie m'a manqué cet été-là, mais j'ai un peu rencontré, enfin, mon grand frère.

Septembre et octobre ont été consacrés à deux missions assez simples, un *décourageur* (le décourageur ne pratique que des évaluations négatives) et une *colérique*. Les vacances de la Toussaint ne furent pas de tout repos, puisqu'il y avait toute une partie du programme de 3e à rattraper. Valentin a commencé une nouvelle activité : le dessin. Il passait beaucoup de temps à concevoir des images sur lesquelles je devais mettre des légendes. Ensuite, il me montrait lesdites légendes réécrites par ses soins. Avec un grand sourire.

Mon frère avait donc décidé que je lui apprendrais à écrire.

J'ai quand même repéré les quelques jeunes agents que j'avais vus l'été précédent, passant régulièrement dans ma rue, le nez au vent. Donald Jones continuait à prendre au sérieux les menaces de Rector…

La veille de la rentrée, retour à l'internat. Mais je n'ai pas vraiment eu le temps de me réjouir de retrouver ma Juju… Sur la feuille de route qui nous attendait là, Donald Jones nous donnait un rendez-vous téléphonique à une heure très tardive, le soir même.

Julie a tiqué.

– Pas normal. Quelque chose cloche.

– Ho, hé, du calme. Qu'est-ce que tu veux qu'il arrive ce s…

Une voix trop aisément reconnaissable a retenti derrière nous à cet instant :

– **Juste une petite visite, peut-être !**

La mère Cripply. Avec une sorte de faux sourire tordu et un regard par en dessous. Elle avait eu le bon goût de venir sans sa seringue, mais ça ne lui donnait pas pour autant un air rassurant.

– Rector pense vous avoir laissé assez de temps de réflexion. Il attend sa réponse.

Vu la tête qu'elle a faite en nous fixant, elle devait déjà se douter de la réponse. Nous avons parlé très vite, synchrones, sans nous regarder :

– C'est non.

Elle a secoué la tête avec un sourire inquiétant, et lâché :

– Quelle monumentale erreur vous faites. En un sens, je préfère ça. Vous n'avez pas le cuir assez épais pour être des Régulateurs. Vous êtes de l'espèce des faibles. Je ne comprends pas pourquoi Rector s'est intéressé à vous. Une perte de temps. Mais c'est à vous qu'elle coûtera cher ! Je vous reverrai bientôt, avec ma seringue.

Sans rien dire, on a encaissé ces bouts de phrase tout secs et tranchants, comme des flèches acérées.

Et elle a tourné les talons.

On n'avait plus qu'à attendre le rendez-vous avec le patron.

On ne s'est pas dit grand-chose. On pensait surtout à nos familles, qu'on venait de condamner à vivre éternellement sous protection.

La voix de Donald Jones, toujours calme et déterminée, nous a fait du bien. C'était ce qu'il nous fallait à ce moment-là.

– Bonsoir, mes amis. Je savais que Madame Cripply viendrait vous parler aujourd'hui. Je vous félicite pour votre fermeté et votre courage. Ne vous inquiétez pas : le plan de protection secrète mis en place pour vos proches sera maintenu. Je n'aime pas trop mettre en avant tel ou tel binôme dans le CIP, mais je dois vous dire que vous faites partie des meilleurs. Je vais donc vous envoyer dans une classe… très particulière. C'est un terrain particulièrement difficile, et vous êtes tout désignés pour vous en occuper. J'ai toutes les raisons de penser que Rector y a placé depuis la rentrée des Régulateurs. Ils y ont fait, disons, leur travail de façon brillante. J'y ai moi aussi placé un binôme il y a un mois, qui fait son possible, mais…

– Vous voulez nous envoyer en renfort.

– Vous n'avez rien perdu de votre vivacité, Alexandre. C'est le cas, oui. Toutefois, je reste fidèle aux règles de secret maximal du CIP : je vous laisse par vous-mêmes analyser le terrain, repérer vos alliés, évaluer la situation. Vous avez toute ma confiance.

23

Mission suivante, donc : la classe de Monsieur Laridoux, prof de maths, en 4e encore. On s'attendait à flairer tout de suite l'odeur de la poudre…

… mais malgré notre préparation, on a été surpris.

L'entrée en classe de Laridoux a été saluée par des cris d'animaux venus des quatre coins de la classe. Une vraie ménagerie.

Et ça n'a déclenché aucune réaction de sa part. Aucune. Il a sorti de son cartable marron un cahier gris, et a commencé son cours. Les cris ont continué, des boulettes et des projectiles divers ont volé, des élèves se sont levés, assis, ont crié : aucune réaction. Le prof a continué à écrire au tableau des calculs que personne ne regardait, sauf ma voisine Émilie…

Ah, et sauf, au premier rang, deux filles et un gars qui essayaient vaillamment de noter les équations, au milieu des escadrons de boulettes de papier qui fusaient en rangs serrés.

Monsieur Laridoux était un homme pas très grand, chauve, sans signe particulier. Et on s'est vite rendu compte qu'il n'aurait pas fait de mal à une mouche. J'ai découvert dans sa classe ce qu'était vraiment le chahut, le bazar, le bordel.

Je croyais le connaître, pourtant ! En 6e, certains de mes camarades en avaient fait voir de toutes les couleurs à Monsieur Demonture, le prof d'Histoire. Ils jouaient à la belote dans son cours, en ponctuant les dates qu'il égrenait de « Belote ! », « Dix de Der ! » et autres « Je coupe ». Demonture, avec sa voix douce, leur disait : « Ça va mal aller pour vous, les garçons », et puis il passait à autre chose.

Mais Monsieur Laridoux… Là, on entrait dans une nouvelle dimension.

On s'est assis au dernier rang, l'un à gauche et l'autre à droite. C'est un bon poste d'observation. Et il y avait beaucoup à observer. J'ai même sorti un carnet, en plus de mon cahier, pour noter tout ce qui se passait.

J'ai vu plusieurs élèves de gauche placer soudain des stylos en rang au bord de leur bureau. Vu la rapidité de la mise en commun des stylos, c'était une activité bien rodée et rituelle. Je me suis aperçu que, de l'autre côté de la salle, d'autres procédaient au même alignement. Et ils ont commencé une bataille de stylos.

On s'est regardés, éberlués. Entre les rafales, certains se promenaient dans la salle. L'excitation générale est encore montée d'un cran, et une chaise a volé dans la classe, au cri de « Laridelle ».

– Laridouce !! avons-nous entendu tandis que la deuxième valdinguait d'un bout à l'autre de la salle.

– Laridicule !! a ponctué l'envol de la troisième.

Les trois du premier rang se planquaient sous leur table en attendant la fin du combat. Ma voisine, Émilie, s'est contentée de jeter une ou deux boulettes en prenant soin de ne viser personne et m'a murmuré :

– Seul moyen d'avoir la paix.

Elle avait les larmes aux yeux.

Pendant tout ce temps, Monsieur Laridoux faisait exactement comme s'il ne se passait rien. Il parlait, menait son cours, ponctuant ses phrases d'un « chut » automatique (et à peine audible). Il ne semblait pas sentir ni voir les boulettes, les mines de crayon, les bouts de gomme qui s'abattaient sur son dos et sur le tableau, sur son polo vert et son pantalon de velours côtelé. Il vivait dans une réalité parallèle, où son cours se déroulait normalement.

Wow. Identifier **les Régulateurs** dans ces conditions n'allait pas être évident, me disais-je… du moins jusqu'à ce que je reconnaisse un regard sournois et – sous une coupe de cheveux totalement différente de celle qu'il avait chez Madame Brisemine, la copine de Miranda l'araignée – … Anthony.

Il m'a regardé droit dans les yeux. Son rictus n'annonçait rien de bon.

Dès le premier soir, on a senti qu'il faudrait être réactifs, rapides, et probablement zapper le round d'observation réglementaire d'une semaine.

– À ton avis, Ju, qu'est-ce qu'on est censés faire ici ?

– J'ai passé la journée à me poser la question. Je ne vois qu'une réponse.

– Oui. L'opprimé, ici…

– … c'est Laridoux. On est bien d'accord.

– Donc **les Régulateurs** « régulent » aussi les profs ? Et là, ils veulent le pousser à la démission ?

– Si tu repenses à Rector, à son discours… Faire souffrir les faibles pour les sortir du système, oui, ça fonctionne aussi pour les profs faibles. Et je ne vois pas comment tu peux trouver un type ayant moins d'autorité que Laridoux.

– En ce cas, il va falloir identifier très vite les agents de Rector, ainsi que nos alliés.

– Exactement, Al. Et trouver le moyen d'aider Monsieur Laridoux.

Ben ça alors. Moi qui étais clairement partisan de la maxime « **DÉFONCE TON PROF** », j'allais devoir prendre la défense de celui-là. Cela me demandait une sacrée faculté d'adaptation.

Le lendemain, on a commencé notre enquête. Anthony était au fond, comme nous, et isolé : il n'avait visiblement pas envie qu'on repère son binôme trop vite.

Les autres cours, par ailleurs, se déroulaient normalement – c'est étonnant comme une classe peut se transformer selon le prof qui lui fait face. On a appris les prénoms et les noms au fil des appels.

Mais à la récréation, un coin du voile a commencé à se lever…

Un dénommé Mathieu s'est approché de moi. C'était un petit brun costaud et souriant, avec des oreilles décollées qu'il cachait mal sous sa tignasse en désordre, et qui m'intriguait un peu : il assurait le service minimum niveau lancer de boulettes, et arborait un air « dans les nuages » qui me semblait assez **PÉTRIFICTORIEN**.

– Ho, le nouveau. Tu connais ça ? J'adore.

Il m'a collé de force une oreillette sur le tympan, et j'ai entendu le célèbre *Chalalalalala* des Counting Crows, chanson : « Mister Jones ». C'est le signal qui permet aux agents du CIP de se signaler aux collègues.

– Ah oui, je connais. Très très bien. Julie me l'a fait écouter. Il y en a d'autres qui aiment dans la classe ?

– Yasmina est fan. En revanche, il y en a qui détestent.

– Mmmh… D'après mon expérience, Anthony en fait partie.

– Ah bon ? C'est marrant, Yasmina me disait justement hier qu'Anthony connaissait la musique.

OK, Yasmina était son binôme. C'était une fille discrète avec de très jolis yeux verts en amande, des cheveux noirs incroyablement longs et frisés, et un air naturellement bougon.

Message reçu des deux côtés…

Le soir, nouvelle surprise: en sortant du réfectoire pour rejoindre le dortoir, on constate que la lumière est allumée dans le bureau du CPE, et on aperçoit Laridoux en train de faire travailler Émilie.

On a ensuite organisé une petite réunion de travail à quatre, en profitant du moment où Anthony prenait sa douche.

Julie a interrogé nos alliés.

– Vous saviez que Laridoux faisait travailler Émilie après la classe?

Yasmina a eu un geste d'agacement. Elle n'avait pas l'air commode.

– Évidemment. On n'est pas restés les bras croisés depuis la rentrée. Il passe beaucoup de temps avec ses élèves en dehors des cours. Il aide ceux qui sont en difficulté. Les trois du premier rang en bénéficient, mais aussi quelques autres dans la classe.

Je n'en revenais pas.

– Bonjour la reconnaissance… Au fait, vous n'avez aucune idée de qui pourrait être le binôme d'Anthony ?

Ils se sont regardés et ont secoué la tête. Je n'ai pas insisté. Ils devaient se sentir en échec, tous les deux, et ils y réagissaient différemment. Mathieu était un peu triste, très calme. Yasmina paraissait plus énervée. Elle a ajouté :

– Je pense qu'on aurait dû les repérer au tout début de l'année. On a raté le coche. Maintenant, ils ont tellement bien bossé que la moitié de la classe les assiste.

On a dû rejoindre nos lits pour ne pas éveiller de soupçons. Pas simple, la situation, je vous dis. Même pour des pointures (modestes, mais pointures quand même. Haha) comme nous. On était en terrain miné.

24

Le lendemain, le cours de maths a démarré sur les bases habituelles, méga teuf dans la salle, et le prof au tableau écrivant ses théorèmes comme si de rien n'était. J'ai juste senti qu'Anthony « chauffait » un peu la salle en lousdé, en encourageant tel ou tel meneur. Ma voisine Émilie a chuchoté :

– J'en peux plus de cette classe.

Elle tremblait un peu.

La température est donc montée, les boulettes ont fusé… et la petite Marion, une blonde aux yeux bleus toujours souriante, en a pris une dans l'œil et s'est mise à pleurer.

Stupeur : Laridoux est descendu de son nuage d'équations et a momentanément regagné notre monde.

– Marion, ça va ? Tu veux aller à l'infirmerie ?

– Oui Monsieur. Je préférerais.

À cet instant, pendant que la déléguée de classe exfiltre Marion, Anthony profite de l'inattention générale, s'approche de Mathieu par-derrière, et lui administre une balayette bien sèche.

Notre collègue est tombé sur son poignet, et se l'est retourné. Laridoux, qui n'avait rien vu, a dû rappeler la déléguée qui a accompagné les deux à l'infirmerie.

Verdict : fracture du poignet, hôpital.

Rector, pas besoin de vous faire un dessin, voulait nous isoler. Il ne reculait pas devant la violence pour y arriver. Et il avait réussi.

Quelques minutes plus tard, Marion revient de l'infirmerie. Et là, je perçois un bref clin d'œil qu'elle adresse à Anthony. C'était donc un piège… mais voilà ***la Régulatrice*** identifiée. Au moins un point positif à cette heure de cours désastreuse…

Au moment où on sortait, j'ai vu dans le regard de Julie une fureur que je commençais à connaître. J'ai attrapé son bras d'extrême justesse au moment où le dos de son futur punching-ball, Anthony, allait se faire massacrer sans sommation.

– Mauvaise idée, Ju.

– Tu crois que ce genre de mec comprend autre chose ?

– Mmmmh… Peu importe, en fait. Il obéit aux ordres.

– Comme toi, oui.

Elle a dégagé sèchement son bras et est partie dans un coin de la cour.

J'ai engagé la discussion avec Aboubacar, que j'avais senti peu enthousiaste dans son lancer de boulettes prémâchées.

– Dis donc, c'est sans doute parce que je suis nouveau, je ne comprends rien à ce qui se passe en maths. Vous pouvez m'expliquer ?

– Zéro autorité, voilà ce qui se passe. Laridoux a toujours été comme ça, à en croire sa réputation. Mais d'habitude ça reste un chahut banal : beaucoup de bruit et quelques boulettes. Cette année, je ne comprends pas pourquoi, c'est violent. Régulièrement, on a des bleus parce qu'une chaise, une équerre ou autre chose, nous tombe dessus. Et c'est de pire en pire.

– Mais il paraît qu'il aide pas mal d'élèves en dehors des cours ?

– Ah oui, oui. J'en fais même partie. Mais bon, j'ai pas trop envie de rejoindre le premier rang, vu ce qu'ils prennent à chaque heure… Et les moqueries en dehors…

Je pouvais le comprendre en repensant à l'agression d'Anthony. Cette violence me mettait mal à l'aise. Certaines missions m'avaient déjà résisté, c'est sûr, mais on avait quand même des pistes, moi ou Julie. Là, rien. Qu'est-ce qu'on pouvait faire ?

On a enregistré, puis réécouté l'heure suivante, qui ne nous a rien appris de plus : bazar général, meneurs difficilement identifiables. Julie était aussi perplexe que moi. Yasmina aussi. Elle nous a appris que Mathieu en était quitte pour une luxation du poignet et un bras en écharpe une huitaine de jours. Le lendemain, il était de retour.

La nuit suivante, au dortoir, j'ai eu une discussion orageuse (bien que chuchotée) avec Julie, par oreillettes interposées.

– Ju, j'en ai assez. C'est dangereux pour tout le monde, là… À chaque cours, la violence monte d'un cran.

– *Et tu as une idée ?*

– Le sac. Je ne vois que ça.

– *Mon pauvre Al, ta boulette ne se verra même pas au milieu des autres projectiles.*

– Le sac, en mode rafale.

– *Non mais ça va pas? Tu te souviens de ce qu'on nous a dit à la formation?*

– « Pas fiable », je sais. Mais on ne peut pas attendre plus.

– *On en reparle demain avec les deux autres. Mais je suis contre.*

L'heure suivante, le vacarme et le jet de projectiles ont encore empiré. Derrière moi, un garçon a pris un stylo dans l'oreille et a saigné.

Là, j'en ai eu assez d'être spectateur. À côté de moi, la petite Émilie était au bord des larmes, elle semblait avoir du mal à respirer. Beaucoup de mal.

Étant concentré sur Laridoux, j'ai mis ça sur le compte du stress. J'ai donc décidé de ne pas attendre l'avis de Mathieu et Yasmina, et d'utiliser discrètement le sac spécial agent. J'ai ignoré les gestes de Julie et ses chuchotements dans l'oreillette (*« Pas ça pas ça mais qu'est-ce que tu fabriques, non, non »*), et j'ai appuyé sur le bouton de gauche, situé sur la doublure intérieure en bas.

Normalement, une pression = trois boules puantes. Je me suis dit que ça calmerait un peu tout le monde.

Quinze secondes après, toute la classe était au bord de l'évanouissement. Le bouton s'était bloqué et le sac dégageait une puanteur indescriptible, accompagnée d'une espèce de fumée pas rassurante du tout.

Je pense que c'est ma plus grande honte en tant qu'agent du CIP. Laridoux, dont l'odorat n'était manifestement pas très développé, a haussé les épaules, soupiré, et a fait mine de reprendre son cours. L'air est

redevenu plus respirable après une minute, on s'est arrêtés de tousser.

Un silence inhabituel est tombé sur la classe.

Et c'est là qu'Émilie a fait une crise d'épilepsie. Les bras secoués de tremblements, elle a repoussé sa chaise. Elle est tombée raide sur le sol, se cognant la tête avant qu'on ait eu le temps de réagir. Ses jambes et ses bras s'agitaient dans tous les sens. Et puis plus rien.

Elle ne respirait plus.

On est restés tétanisés. Tous.

Sauf… Laridoux !

– Lydia, allez chercher l'infirmière. Vite. Les autres écartez-vous.

Pendant que Lydia se précipitait hors de la classe, Laridoux s'est mis à genoux devant Émilie. Il a placé ses mains en croix sur sa poitrine, et il lui a fait un massage cardiaque. Une fois. Deux fois. Trois fois.

Silence.

Au moment où on n'y croyait plus, Émilie a toussé, inspiré une énorme quantité d'air.

Quand elle est arrivée, l'infirmière a juste dit :

– Sans vous, Monsieur Laridoux, c'était fini.

25

Mathieu et Yasmina étaient furieux contre moi.

Et Yasmina ne m'a pas raté.

– Ça s'appelle une faute professionnelle, Alexandre. Il va falloir que tu arrêtes de jouer à Superman et qu'on décide des stratégies *ensemble*.

Mathieu était moins virulent en paroles, mais il était rouge de colère jusqu'au bout des oreilles.

À ma grande surprise, c'est Julie qui a calmé le jeu, ce soir-là.

– On ne sait pas si ce sont les boules puantes qui ont déclenché sa crise. Tu as voulu la protéger et tu n'avais pas toutes les informations. Le sac était une idée pourrie, mais au moins, Monsieur Laridoux va avoir la paix pendant un moment.

Exact. Du jour au lendemain, les surnoms du genre « Laridelle », « Laridouce » et « Laridicule » ont disparu de la cour. Et tout le monde n'a plus dit que « MONSIEUR Laridoux ».

Lui a eu la paix. Pas nous.

Il s'écoule souvent quelques jours entre la fin d'une mission et le début de la suivante. On attend tranquillement l'exfiltration en se concentrant sur le programme. Mais notre travail était-il vraiment terminé ? Ou devions-nous mettre les deux **Régulateurs** hors d'état de nuire ?

Lors de la mission Laridoux, on a en tout cas pu observer un aspect encore méconnu du comportement des **Régulateurs** dans leur milieu naturel : ils n'aiment pas la défaite.

Le lundi, Monsieur Laridoux a fait l'appel, puis s'est tourné pour écrire au tableau, selon son habitude.

Aussitôt, Anthony et Marion ont dégainé. Ils ont étalé devant eux à toute allure les boulettes et les mines de crayon dans des sarbacanes improvisées. Ainsi qu'une armada de pointes de compas sous leur trousse.

Fini de rire.

Mon sac était HS, et Julie m'avait prévenu qu'il était hors de question qu'elle utilise le sien en mode « rafale ». Nous avons dû subir un feu nourri de projectiles de plusieurs côtés.

Les deux **Régulateurs** s'étaient placés au milieu, dos à dos, et s'en donnaient à cœur joie, sur moi et Mathieu d'un côté, sur Julie de l'autre. Ils n'avaient visiblement pas identifié Yasmina.

Laridoux écrivait imperturbablement ses équations sans se retourner le moins du monde. Nous avons essayé de nous protéger, et de riposter sans blesser les autres. Ce qui m'inquiétait surtout, c'était l'idée que des pointes de compas atteignent Julie.

Mais au bout de 15 secondes…

Émilie s'est levée, a croisé les bras, et a crié :

– **J'EN AI MAAAAAAAARRE !!!**

Énooooorme silence, les amis. Tout le monde s'est regardé d'un air stupéfait. Marion et Anthony en sont restés comme deux ronds de flan.

Et soudain, Aboubacar s'est levé et a fait écho…

– MOI AUSSIIIII !

Puis ça a été un festival de « Moi aussi ! » et de chaises repoussées : tout le monde s'est retrouvé debout en un clin d'œil, sauf les deux assaillants interloqués.

Dans les secondes qui ont suivi, les élèves ont tiré des tables et ont enfermé, puis désarmé le duo de **Régulateurs**.

Monsieur Laridoux, qui s'était retourné dès le cri d'Émilie, a eu un petit sourire calme. Marion et Anthony étaient assis, des projectiles à leurs pieds, parfaitement cernés. Et pour la première fois depuis que j'étais arrivé, il y avait dans la classe de Monsieur Laridoux un silence d'une grande qualité…

Silence qu'il a fini par rompre :

– Aaaah. Enfin. Justement, moi aussi. Donnez-moi vos carnets, tous les deux. Vous irez les récupérer chez le CPE.

L'après-midi, on a appris que **les Régulateurs** passaient en conseil de discipline. Renvoyés chez eux en attendant.

Peu importait l'issue du conseil : ils étaient grillés.

Le cours suivant était le dernier pour nous. On nous avait annoncé une exfiltration avant une autre mission. Mathieu et Yasmina étaient censés faire de même deux ou trois semaines plus tard.

Julie et moi avons décidé d'aller dire au revoir à Monsieur Laridoux dans sa salle, ensemble, ce qu'on ne devait normalement jamais faire. Mais là, ça nous semblait nécessaire.

– Ah bon ? Vous n'êtes pas restés longtemps, dis donc. En tout cas, c'était un plaisir.

Je n'ai pas pu me retenir de faire le malin...

– Je peux vous poser une question, Monsieur ?

– Mais bien sûr Alexandre, je t'en prie.

– Vous ne croyez pas qu'il faudrait quand même sévir un peu plus ? Pour ceux qui veulent suivre ?

Monsieur Laridoux m'a regardé en souriant, un peu triste.

– Sans doute, Alexandre. Il est vrai que cette année, c'est allé trop loin : je ne peux pas laisser la violence s'installer comme ça, j'aurais dû réagir. Seulement, je ne fais pas ce métier pour dominer et contraindre : je déteste les rapports de force. Je le fais parce que j'aime 1 les gosses, 2 les maths. Alors, d'habitude, je me débrouille pour aider ceux qui le veulent. Et je laisse à la classe le soin de prendre ses responsabilités. Ça marche plus souvent que tu ne pourrais le penser.

Bon. J'avoue : c'est cohérent. Et le grand clin d'œil qu'il m'a offert en conclusion était sympa. Mais personnellement, je n'aurais pas sa patience.

Julie lui a fait un grand sourire, et je dois dire que j'en ai été un peu jaloux (parcequedaccordjaisauvépersonnemaisjesuisquandmêmeunagentsecretgrmblbl).

BONUS N°4
(PAR ALEXANDRE)

QUEL ANIMAL EST TON PROF ?

(COURS DE MONSIEUR KARPOV).

(1) L'ENTRÉE EN COURS

A Il marche à grandes enjambées jusqu'au bureau sans regarder les élèves.

B Il se prend les pieds dans le rebord de l'estrade et manque s'étaler de tout son long.

C Il a les sourcils froncés dès son entrée.

D Il fait le trajet porte-bureau en dix minutes, les épaules voûtées.

E Il te sourit avant même d'avoir franchi la porte.

(2) L'APPARENCE VESTIMENTAIRE

A Il porte une veste avec un pull à col roulé et des chaussures de ville.

B Il porte un jean bleu avec une chemise verte à pois rouges (tachée) et des chaussures marron clair.

C Il a un pantalon de velours côtelé gris, une veste grise, un regard gris.

D Au bout d'un mois, tu te rends compte qu'il met *toujours* les deux mêmes pantalons, chemises, pulls…

E En mode « jeune », il a des baskets et les mêmes tee-shirts que ton meilleur pote.

(3) SES PREMIERS MOTS

A Bien, bon ben, euh, bonjour à tous, hein, voilà, alors…

B Bon, je vais sûrement écorcher votre nom en faisant l'appel pendant un moment – euh – toute l'année, en fait.

C Pfff. Levez le doigt quand j'appelle votre nom. Et ne me faites pas répéter, sinon vous le regretterez.

D Boooon (silence, soupir). On va y aller (silence, soupir) (re-soupir). Oh là là, qu'est-ce que vous êtes nombreux, alors…

E Coooool de vous rencontrer, on va passer une année de ouf, mes amis ! Allez, un petit appel et c'est parti pour la grande aventure.

(4) ATTITUDE ET DÉPLACEMENTS

A Il reste derrière le bureau, souvent assis. Une dizaine de pas par heure en moyenne.

B Il trébuche fréquemment sur un sac d'élève qui dépasse de la rangée. Il fait tomber ses copies, son sac, ses lunettes, son cahier.

C Il marche lentement, en fixant chaque élève d'un air désagréable. Il fait le tour de la classe de droite à gauche ou de gauche à droite, toujours dans le même sens.

D Il est souvent debout, une main sur le bureau pour se soutenir. Il met environ 40 minutes chrono à faire le tour de la salle de classe.

E Il se déplace par bonds, sautille, va sans arrêt d'un bout à l'autre de l'estrade, au point que tu te demandes s'il ne va pas finir par l'user.

(5) SES GESTES

A Hésitants.

B Incontrôlés.

C Secs et nerveux.

D Lents.

E Amples et enthousiastes.

TYPOLOGIE :

UNE MAJORITÉ DE A : Nous sommes en présence d'un timide. Il le cache parfois en adoptant un air très sûr de lui, mais tu le démasqueras vite. Il a tendance à reculer quand tu t'approches du bureau. Son animal totem : le chevreuil (essaie de t'approcher d'un chevreuil, tu vas comprendre).

UNE MAJORITÉ DE B : C'est un prof albatros. Sur la terre ferme (enfin, dans la classe, quoi), il est très maladroit. Inoffensif, mais assez irritant pour nous autres élèves, car imprévisible, et on a toujours peur qu'il se fasse mal.

UNE MAJORITÉ DE C : Il est aigri, de la sous-classe des agressifs. S'il attaque le premier, c'est une teigne. S'il répond à une insolence de manière exagérée, son totem est plutôt le loup. S'il pratique les deux, c'est un rhinocéros. En tout cas, il est dangereux. Se tenir à distance.

UNE MAJORITÉ DE D : Un épuisé. Nos nombreux prédécesseurs l'ont progressivement vidé de toute énergie. Son totem est le koala (20 heures de sieste par jour, le koala. Respect.)

UNE MAJORITÉ DE E : Le faux-sympa. Il tient du caméléon pour son apparence jeune (qui dissimule un esprit vieux), de la hyène pour son sourire trompeur, et du lama pour sa rapidité à te cracher une punition à la figure. Sois sur tes gardes.

N.B. 1: J'ai utilisé le masculin par commodité mais, bien sûr, cette typologie fonctionne pour les enseignantes.

N.B. 2: En tant qu'agent secret, on s'intéresse uniquement aux dysfonctionnements. Si tu ne reconnais pas ton prof dans cette classification, c'est bon signe: il est juste normal.

26

Ce soir-là, dans le dortoir, je me sentais soulagé d'en avoir fini, et j'espérais bien que notre prochaine aventure me permettrait à nouveau de pratiquer mon insolence naturelle, qui avait été un peu bridée lors de cette mission. Au moment où j'allais m'en ouvrir à Julie, nos deux stylos ont vibré. En même temps.

Une première. Julie a appuyé sur le bouton avant moi.

Et j'ai eu l'impression que mon cœur s'arrêtait de battre.

C'était la voix de Rector Jones.

« À tous les agents du CIP. Bonsoir, chers amis... »

Silence. Pouvait-il nous voir ? En tout cas, il savourait son effet.

« Pour ceux d'entre vous qui ne me connaissent pas encore, je suis Rector Jones, dirigeant de l'ERSI. Vous avez certainement croisé mes agents sur le terrain, hm hm hm hm... »

Nous entendions pour la première fois le rire caverneux de cet homme. Ça ne donnait pas du tout envie de l'amuser.

« Il est temps d'en finir avec ces rivalités entre nos deux organisations, et avec ce désordre stérile qui règne sur le terrain. Il ne peut en rester qu'une. L'entêtement de mon frère m'a contraint à la manière forte. Sachez donc qu'il est prisonnier ici même, dans votre quartier général – où je me trouve à présent – sous la garde de plusieurs agents et de ma fidèle Miss Cripply. Vos emplacements nous sont connus. Vous allez tous être rapatriés pour suivre au plus vite une formation à la Régulation Scolaire. Ceux d'entre vous qui refuseraient de rejoindre nos rangs seront considérés comme traîtres à la Cause Régulatrice... »

Nouveau silence de psychopathe. Celui que certains profs laissent durer dans leurs classes juste avant que la sanction ne tombe.

« ... et donc neutralisés. De façon définitive. Mais vous êtes tous trop intelligents pour m'amener à de telles extrémités. »

Une chose était sûre : ce mec avait suivi un cours sur l'euphémisme quand il était collégien.

Bip de fin de communication. On s'est regardés sans rien dire. Mathieu et Yasmina nous ont vite rejoints. Lui était blanc comme un cachet d'infirmerie de collège. Yasmina avait les larmes aux yeux.

– Alors ? On fait quoi ?

Julie a haussé les épaules.

– Hors de question que j'obéisse à ce *seringuo dingo*.

J'ai découvert à cette seconde, en regardant Mathieu, qu'on pouvait avoir l'air en même temps soulagé et mort d'inquiétude.

Dans ma tête, j'ai fait tourner mes neurones à toute allure. J'ai repensé à un copain de mon collège qui disait tout le temps : « *Non mais là, là, en cours avec lui, bro, j'ai la trouille qu'il m'interroge, mais à un point… J'ai les tibias qui jouent des castagnettes !* » On peut le dire comme ça. J'avais beau m'activer la carte mentale, pas de solution : si on s'enfuyait, Rector menacerait nos familles pour nous forcer à revenir.

– Vous en connaissez d'autres, à part nous, des agents ?

Cette fois, c'est Yasmina qui a haussé les épaules d'un air exaspéré :

– Tu connais les règles, non ? Si on en a croisé, c'était sans le savoir. Aucun à qui on ait eu envie de faire écouter « Mister Jones », en tout cas…

La suite du brainstorming a été silencieuse, et improductive. À part mener une révolte une fois au QG, on ne voyait pas quoi faire.

D'ailleurs, Rector était cinglé, mais pas idiot : il allait sûrement nous rapatrier deux par deux pour éviter les rassemblements.

27

On a fini par s'endormir. J'ai fait l'un des pires cauchemars de mon existence.

J'étais debout dans un no man's land désertique, aride, jaunâtre, à perte de vue. Soudain, j'ai senti que mes bras étaient tirés malgré moi, vers le haut !

En levant les yeux, je me suis aperçu qu'il y avait des ficelles au bout de mes poignets, de mes coudes, sur mes épaules. Il y en avait aussi à mes chevilles et mes genoux. J'entendais un rire au-dessus de moi, un *HM HM HM HM HM !* qui emplissait l'espace. Et c'est alors que j'ai vu apparaître deux mains gigantesques dans le ciel ; chaque fil était attaché à l'un de ses doigts crochus, aux ongles si longs…

Je ne pouvais pas voir la tête de Rector, à part son regard – deux fentes d'un bleu glacial perçant à travers les nuages. Il me soulevait du sol, sans que je puisse résister. En tournant la tête, j'ai vu Julie entortillée dans les mêmes fils, un mètre au-dessus du sol. Elle les mordait mais n'arrivait pas à les entamer. Et puis un nuage de poussière s'est élevé et, loin, très loin, une moto est apparue.

Au fur et à mesure qu'elle s'approchait, j'ai reconnu ce brave E.J., le domestique de Donald Jones. Il était dans une moto avec *side-car*, comme dans *Les Aristochats*. Il m'adressait de grands signes d'un bras – apparemment, il voulait que je tire sur les fils mais comment faire ?? Et puis j'ai commencé à l'entendre, il criait, de loin, de très loin : « Allez, allez, réveillez-vous… »

– **RÉVEILLEZ-VOUS, ALEXANDRE !**

E.J.

Il était penché au-dessus de moi et me secouait le bras de toutes ses forces. J'ai bondi sur mes pieds en même temps que mes trois camarades, une fraction de seconde avant de me réveiller vraiment.

Notre vieil ami semblait épuisé : les mains sur les hanches, plié en deux, il peinait à reprendre son souffle. Sa tête ressemblait à une tomate trop mûre !

Mais nous n'étions pas d'humeur à rire. Il a lâché en haletant :

– É... chappé... pendant... l'assaut... **Régulateurs**... Monsieur... Jones... oubliettes... château... suivez... moi !

Nous nous sommes tous précipités au-dehors... et je me suis demandé si je ne continuais pas à dormir : dans la lumière de l'aube, j'ai vu la moto de mon rêve... avec un triple *side-car* – un de chaque côté et un... au-dessus ??

E.J. a rapidement repris son souffle et son flegme naturel, ce qui était plutôt rassurant.

– Veuillez m'excuser tous les quatre, je n'ai pas pu accéder au jet. Si vous le voulez bien, Mesdames, je vous invite à vous glisser dans la cabine du dessus ; étant plus légères, vous risquerez moins de la déstabiliser. C'est une invention de Doc, et je ne suis pas... disons... totalement sûr de la fiabilité de ses attaches.

– C'est sûr que pour la légèreté, on ne peut pas compter sur les garçons, a lâché Yasmina.

– En revanche, pour prendre les places les plus confortables et les moins dangereuses, ils sont au taquet..., a renchéri Julie.

– Mauvaises perdantes ! a hasardé votre serviteur, qui veut toujours avoir le dernier mot.

Sauf qu'avec Julie, c'est une volonté qui se retourne souvent contre moi…

– Mais oui, Al. Monte dans ton palace, n'oublie pas ta tisane, tes pantoufles et ton petit calmant pour la tension. Nous, on se charge des risques.

Pantoufles, mon œil ! Durant les minutes suivantes, j'ai pensé que ma carrière allait s'arrêter là : E.J. allait gentiment nous éviter l'affrontement avec Rector Jones et ses agents en nous tuant dans un accident ! Il fonçait à 200 à l'heure sur des départementales étroites avec un véhicule qui occupait les deux tiers de la route en largeur et mélangeait tangage et roulis. De bas en haut, de gauche à droite : il ne manquait que le pompon pour que le manège soit parfait. Une telle vitesse en bringuebalant autant, c'est en théorie impossible : cette toupie maléfique sur roues était bien une invention de Dan Looney.

Inexplicablement, on est arrivés entiers au Havre, où il nous fallait prendre le ferry pour l'Angleterre. À l'approche de la ville, E.J. a fait descendre les filles et a appuyé sur un bouton sous leur *side-car*. Ledit *side-car* s'est retourné, sous nos yeux ébahis, ce qui l'a transformé en une sorte de toit (aussi branlant qu'avant, d'ailleurs, mais c'est

un détail). Les filles se sont tassées avec nous pour les derniers kilomètres.

Avant d'arriver au ferry, E.J. nous a prévenus : dans sa fuite, il avait abandonné son portefeuille. Le peu d'argent qu'il avait ne lui avait permis d'acheter que trois billets.

Yasmina a tout de suite réagi :

– OK, donnez-les-moi. Julie, viens, on fait diversion. Les autres, vous en profiterez pour monter.

On les a regardées s'approcher des surveillants du ferry. Elles ont commencé à se disputer, puis à se taper dessus, et pas qu'un peu. Elles se sont même roulées par terre. Cela a provoqué un attroupement, les gens sont allés les séparer (ou voir le spectacle, pour certains).

Pendant ce temps, on a tiré la moto à l'intérieur, au fond du ferry. Et dès que les filles nous ont rejoints, on s'est cachés tous ensemble, sous une immense bâche.

Et la moto, me direz-vous ? Ah, la moto… Je ne pense pas que vous allez me croire. E.J. a ouvert le réservoir avec une petite clé, puis il a tiré sur une petite manette à l'intérieur. On n'a même pas eu le temps de se demander ce qu'il fabriquait : la moto s'est repliée ! Oui ! **REPLIÉE !** En dix secondes, elle s'est transformée en une sorte de gros Rubik's cube.

Ça a mis Mathieu de bonne humeur :

– Wow! Je veux la même!

Yasmina l'a poussé en soupirant sous la bâche.

Et vogue la galère…

Pendant la traversée, les questions ont fusé : Qu'est-ce qu'on allait faire une fois sur place ? Comment agir ?

Je découvrais peu à peu l'autre binôme. Mathieu était discipliné, concentré, attentif, mais grommelait beaucoup dans son coin. Il n'était manifestement pas optimiste quant à la suite des événements. Yasmina a tout de suite eu une vraie complicité avec Julie. À la manière dont elle rabrouait Mathieu et prenait la tête de l'expédition, j'ai senti qu'elle avait le même type de caractère que ma Juju. C'est elle qui a cuisiné E.J. pendant qu'on était sous la bâche.

– Alors, Edgar ? La situation ?

– Quand j'ai fui, tous les agents du CIP présents au château avaient été capturés par les **Régulateurs**. Rector avait pris le contrôle. Il vous a appelés depuis le bureau de Monsieur Jones, qu'il a enfermé aux oubliettes. Celles-ci se trouvent, vous le savez, au milieu de la cour centrale. Évidemment, elles sont gardées. De toute façon, pour sortir Donald Jones de là, il faudrait la force physique de Monsieur Forza, et ils l'ont tout de suite enfermé à double tour dans une salle du donjon.

– « Ils », ce sont des gens de notre âge ?

– De tout âge, moins nombreux que je ne l'imaginais. Une cinquantaine. Je pense que beaucoup sont restés sur leurs missions respectives, ou vont gérer les rapatriements de nos agents. Rector savait qu'en neutralisant son frère et ses principaux formateurs, il prenait de fait le pouvoir sur son organisation, et qu'il n'avait pas besoin de beaucoup d'agents pour s'emparer du château… Cela fait longtemps que je préviens Monsieur Jones : faire visiter le centre à ses agents, les y ramener régulièrement sans leur bander les yeux durant le trajet, c'est imprudent. Cela rend facile le repérage du QG À chaque fois que je lui en parlais, il haussait les épaules… « Mon frère ne ferait pas ça. Pas à moi. »

– Vous connaissez Monsieur Jones depuis longtemps, Edgar ?

Il a souri.

– Depuis ses années de pension, Yasmina. Nous y étions ensemble. Bon, je crois qu'on arrive.

Un détail avait l'air de n'intéresser personne, alors qu'il me turlupinait bougrement (Rhâââ… j'adore ces vieux mots).

– Euh… J'ai dû être distrait à un moment, je n'ai pas entendu ce que vous avez dit sur notre plan. On en a un, n'est-ce pas, E.J. ?

E.J. m'a regardé, très surpris.

– Vous plaisantez, je suppose ? Je suis conscient qu'il s'agit d'une situation difficile mais, après tous les cours de stratégie que vous avez suivis, j'imagine que *vous* saurez quoi faire.

Le clapotis sous le bateau nous indiquait qu'on était à quai. Et tout à coup, personne n'était pressé de descendre.

Julie a clos la discussion :

– C'est Cripply ou Rector qu'il faut trouver, puisque Monsieur Jones est pour le moment inaccessible. On laisse la moto à distance du château, on essaie de ne pas se faire repérer et on file à la tour de contrôle. Rector y est sûrement.

Mathieu a eu l'air accablé. J'ai lu dans ses yeux ce qu'il n'osait pas dire : *« Ben voyons. Et en admettant qu'on y arrive, on lui demande gentiment de s'en aller, c'est ça ? »*.

Mais on n'avait pas d'autre option.

On s'est remis en route. On a juste pris le temps de coudre nos stylos magiques dans la doublure de nos vêtements. Ça pouvait servir si l'un d'entre nous se faisait capturer.

Quelques heures de *side-car* supersonique plus tard, on a enfin reconnu le paysage et les tours encore lointaines du QG…

On a caché la moto entre deux arbres, en bordure de la forêt qui longeait le château. Nous ne parlions plus : on repensait à notre formation, on se concentrait, on était excités – une poussée d'adrénaline face au danger.

Et on avait les tibias qui jouaient des castagnettes.

28

La forêt était celle de nos « parcours de santé » : on la connaissait par cœur. On a guetté les bruits étrangers qu'on pourrait percevoir… Rien.

Personne non plus dans le jardin. Ce n'était pas très étonnant : on n'entrait dans le château que par le pont-levis, vingt mètres de planches jointes. Impossible de ne pas être repérés en entrant.

On s'est arrêtés derrière un fourré pour analyser le terrain : quatre adultes, revolver à la ceinture, gardaient l'entrée au bout du pont-levis. Rector Jones n'était pas un plaisantin.

E.J. nous a regardés tranquillement.

– Bon, je crois que j'ai encore un rôle à jouer. Rector s'attend à l'arrivée d'agents : il se doute que je suis parti en chercher. Et peut-être même sait-il déjà que c'est vous. Il va falloir faire vite, très vite. Ne vous occupez plus de moi. C'est à mon tour de faire diversion.

On n'a pas eu le temps de comprendre qu'il s'engageait déjà sur le pont-levis, tranquillement, avec un flegme parfait. On aurait dit qu'il revenait de balade. Il s'est arrêté et a salué les gardiens en soulevant son chapeau.

– Bonjour Messieurs, vous me reconnaissez ? C'est moi qui vous ai peu courtoisement faussé compagnie avant-hier. Quel beau temps, n'est-ce pas ?

Le temps s'est arrêté. Les quatre cerbères se sont regardés, interloqués (tout autant que nous). Puis il a regardé derrière les quatre et a lâché sur le ton de la conversation :

– Ah, tiens, bonjour Monsieur Jones ! Vous êtes parvenu à sortir des oubliettes ?

Les Dalton se sont retournés d'un bond. Et E.J., de façon nettement moins flegmatique, a virevolté dans l'air avant de foncer vers la forêt. À une allure supersonique, qui portait la marque des entraînements Forza.

Les quatre super pas héros ont couru après lui, mais sans sortir leurs revolvers. Ouf.

On a compté jusqu'à dix, le temps qu'ils soient assez loin pour ne plus nous entendre, et on s'est précipités tous les quatre, deux à gauche, deux à droite, dans le renfoncement qu'occupait la herse (la grille du château) quand elle était baissée.

De là, on avait vue sur la grande cour, au milieu de laquelle se trouvaient les oubliettes.

Tous les gens qui travaillaient au château étaient parqués contre un des murs, derrière des barrières gardées par une trentaine de **Régulateurs**. On a vu des visages bien connus : Monsieur Forza, Dan Looney, les cuisiniers du château, Monsieur Karpov, les psychologues…

Plusieurs agents de Rector gardaient également l'accès à l'escalier. Tous n'avaient pas d'armes à feu, mais à leur ceinture pendait une seringue que nous ne connaissions que trop bien.

Nous avons à peine eu le temps d'échanger un regard que l'alarme a retenti. Notre passage à découvert avait sûrement été repéré par un agent, depuis une des meurtrières qui surplombaient le pont-levis…

J'ai entendu un bruit métallique au-dessus de ma tête, et Mathieu a crié en tirant Yasmina par le bras :

– La herse !

La grille descendait sur nous. Nous nous sommes jetés à terre, Julie et moi avons roulé vers l'extérieur, les deux autres vers l'intérieur. **Les Régulateurs** se sont jetés sur eux, pendant que Julie et moi nous précipitions vers la forêt.

Le temps que la herse se relève, nous pouvions prendre un peu de champ. En nous retournant, nous avons vu une dizaine de **Régulateurs** qui se lançaient à nos trousses.

Nous avions un avantage sur eux : la connaissance du terrain. Avantage bien nécessaire – j'ai entendu trois sifflements, comme un projectile passant près de mon oreille… Et j'ai vu plus loin trois seringues fichées dans le sol. **Les Régulateurs** avaient donc un lance-seringue. Sacrée Miss Cripply.

Nous avons sauté sans hésiter dans la rivière des entraînements. Vu sa température en cette fin novembre, cela allait refroidir un peu nos poursuivants.

Julie a soufflé :

– Les poids…

La clairière du lancer de poids se trouvait à dix minutes de course en coupant à travers la forêt.

Pour l'instant, nous restions tout juste hors de portée de seringue de nos poursuivants les plus proches. Mais nous connaissions le chemin, pas eux ; et surtout, ils n'avaient pas suivi la formation Forza.

On est donc arrivés à la clairière avec un peu d'avance, et on a eu le temps de tirer chacun un sac de poids derrière un arbre avant de se cacher.

Les Régulateurs les plus rapides sont arrivés une minute plus tard.

Trois. Trois assommés, donc, un par Juju, un par moi ; le troisième a pris deux poids dans la tête. Match nul.

Les suivants étant séparés, notre petit système a bien marché jusqu'au septième : Julie menait 4-3. Mais après trente secondes sans que personne n'entre dans la clairière, on s'est regardés et on est repartis en courant dans la forêt. Ils étaient encore assez nombreux pour nous encercler.

Danger de mort ou pas, j'étais un peu vexé.

– Je prends ma revanche au lancer de boulettes !

– Essaie déjà de me suivre, t'as un peu de mal, là.

Bon, je vois bien ce que vous êtes en train de penser : les boulettes, c'est sympa, mais ça n'a jamais assommé personne. Vous avez raison. Et c'est bien pour ça qu'on avait pris le temps d'attraper chacun une seringue à la ceinture des assommés.

Arrivés à la clairière du lancer de boulettes, on s'est cachés derrière deux des quatre mannequins-cibles, et on a ramassé quelques boulettes qui traînaient au sol. Un peu spongieuses, ça tombait bien. Cachés derrière deux cibles, nous les avons enduites d'un peu de liquide Cripply avec la seringue. Juste un peu, en veillant à ne pas toucher la partie empoisonnée.

Ils ont débarqué à cinq : ils avaient dû comprendre qu'il valait mieux être en nombre pour affronter des agents du CIP. Les deux premières boulettes ont atteint deux fronts – les deux cibles ont poussé deux hurlements et se sont enfuies.

Mais à cet instant, deux seringues ont fait vibrer les mannequins derrière lesquels nous nous étions postés. On a roulé au sol derrière les deux autres et, tout en roulant, on a lancé nos boulettes. Deux fuyards hurleurs de plus.

J'ai été très déçu du manque de combativité du cinquième, qui s'est enfui sans attendre. Julie avait encore gagné (6-5).

Nous sommes restés là plusieurs minutes. Si d'autres poursuivants arrivaient, il leur fallait le temps de nous repérer. Mais rien n'est venu troubler les cris des oiseaux de la forêt. Nous avons pris un peu de temps pour souffler.

– Il faut qu'on y retourne.

– Je sais, Al. Mais on attend la nuit.

– À ton avis, où se trouve Rector ? Dans la salle de commandement ?

– Sûrement. Il en a besoin pour contrôler tout ce qui se passe. Mais il est sur ses gardes, maintenant.

– Et une fois qu'on l'aura trouvé ?

– Il me reste la moitié d'une seringue. Toi, un peu moins. Ça suffira.

Avec Julie, tout paraît si simple…

29

Il n'était pas encore minuit quand nous avons atteint le château, les poches pleines de boulettes et la seringue à la ceinture. La herse était, bien sûr, abaissée et gardée. Nous avons dû contourner le château et escalader par l'arrière. Vu l'humidité et la mousse sur ces vieilles pierres, l'opération était très dangereuse, et j'ai failli glisser plus d'une fois.

Mais on a pu entrer par une meurtrière à mi-hauteur.

Il n'y avait pas un bruit dans le château. Il fallait descendre de la tour par un petit escalier en colimaçon pour gagner l'entrée, et l'escalier principal – celui que j'avais pris le jour de mon arrivée avant d'atteindre la salle à manger.

Bien entendu, l'escalier était gardé par deux **Régulateurs**. J'ai enduit une boulette de liquide Cripply, et j'ai invité Julie à faire de même – mais elle a secoué la tête, puis m'a fait signe d'utiliser la mienne.

Un peu surpris, j'ai visé un des deux gardes...

À l'instant où j'ai lancé la boulette, Julie a foncé vers eux. Ils ont à peine eu le temps de comprendre que quelqu'un arrivait: elle a frappé du tranchant de la main le premier au moment précis où la boulette atteignait le deuxième et, comme sa victime s'écroulait, a sauté sur son dos et plaqué sa main droite sur la bouche du **Régulateur** que j'avais touché, étouffant son cri. Un deuxième coup du tranchant de la main: il s'est écroulé à son tour.

Elle s'est retournée vers moi en souriant et j'ai lu sur ses lèvres:

– **NINJA FORZA**.

Nous avons dévalé l'escalier sans faire de bruit, et les deux gardes au bas de celui-ci ont subi le même sort que ceux du haut.

Ça nous a permis d'atteindre l'escalier principal. À peine avions-nous posé le pied sur la première marche qu'une nouvelle alarme a retenti ; derrière nous, une dizaine de **Régulateurs** sont immédiatement arrivés au grand galop. On s'est précipités en avant, mais ils étaient sur nos talons et avaient de l'élan. L'un d'eux m'a attrapé le talon. Heureusement, je me suis souvenu de ce qu'E.J. m'avait dit à propos de l'escalier et, *in extremis*, j'ai tiré du mur un des blocs de brique disjoints des autres…

J'ai entendu un cri derrière moi ; et en me retournant, j'ai vu un trou qui s'était ouvert dans l'escalier. Ça faisait déjà quelques poursuivants de moins.

Julie grimpait plus vite que moi. Tandis que je levais la tête pour l'apercevoir, j'ai trébuché. Mon genou a heurté une marche et je suis tombé sur celle du dessus de tout mon poids. C'est alors que j'ai vu, un peu plus haut, un tableau s'écarter.

Hélas, pas le temps d'atteindre la cachette : deux agents me sont tombés sur le dos. Ils m'ont relevé, un à chaque bras, et m'ont forcé à redescendre, alors que quatre autres attendaient plus bas.

À cet instant j'ai entendu derrière nous un murmure bien distinct.

– Salut, Al.

Qu'est-ce que... ??

Sans me lâcher, les deux gugusses se sont retournés. Yasmina se tenait accroupie sur le rebord de la cachette.

Elle a sauté du mur au moment précis où Julie apparaissait quelques marches plus haut.

Ce qui suit s'est déroulé, je vous le jure sur la tête de mes insolences scolaires, **EN QUATRE SECONDES CHRONO**.

D'abord, elles ont dévalé l'escalier côte à côte. J'ai entendu le chuchotement de Julie (« Baisse-toi ») à l'instant où elle a posé le plat de chaque main sur une joue de mes deux gardiens. Heureusement, je n'ai pas pris le temps de réfléchir et me suis baissé. Au-dessus de ma tête, un choc sourd, celui de deux fronts cognés l'un contre l'autre.

À la même seconde, dans mon champ de vision, Yasmina tournait sur elle-même, les pieds tendus à hauteur de genou, et frappait deux ***Régulateurs*** au mollet avant de coller son poing dans la figure du troisième. Le dernier a essayé de fuir, mais Julie lui a fait une balayette éclair. La chute contre les marches de l'escalier a achevé d'assommer ce petit monde.

Quatre secondes.

Julie et Yasmina se sont fait un *check*. Ju a souri :

– Ninja ?

– Non, Kickboxing. Forza ?

– Bien sûr.

Yasmina nous a expliqué ce qui s'était passé de son côté. Mathieu et elle avaient été arrêtés et parqués avec les autres, et E.J., capturé, les avait rejoints. Mais elle était parvenue à grimper sur le mur, une fois la nuit tombée, sans être vue, et à se glisser dans l'escalier par le haut, puis dans la cachette.

– J'ai chargé Mathieu d'utiliser son stylo magique pour me prévenir s'il vous voyait arriver dans la cour. Ils ne nous ont même pas fouillés !!

La cour… Le spectacle auquel je venais d'assister m'a donné une idée.

– Yas, **les Régulateurs** qui gardent tout le monde en bas… Ils sont nombreux ?

– Une vingtaine, puisque ceux qui vous ont poursuivis sont à l'infirmerie… Attends, non : un peu moins, en fait. Les six qu'on a neutralisés venaient de la cour. Une quinzaine, donc.

– Si on arrive à pousser ces grilles, et si Forza nous donne un coup de main…

Julie était hésitante.

– Ça laisse du temps à Rector pour fuir, ou trouver une parade.

– Rector est très sûr de lui. Je suis persuadé qu'il n'a pas gardé grand monde avec lui dans le bureau de Monsieur Jones. Il nous attend là, persuadé que c'est lui qu'on veut atteindre, pas ceux d'en bas.

Yasmina a pris mon parti :

– Il a raison, Julie. On peut les libérer. Il n'y a pas de fenêtre dans la salle du QG, Rector doit repasser par l'escalier ou au moins la salle à manger. On peut le faire attendre un peu.

On est redescendus à pas de loup. Effectivement, une quinzaine de **Régulateurs**, sur le qui-vive, gardaient les prisonniers : ils avaient leur seringue à la main. Mais trois se dirigeaient vers l'escalier.

Sans hésiter, les filles ont couru vers le groupe, pendant que je restais contre le mur de l'entrée avec ma seringue, lançant boulette sur boulette sur les premiers – qui se sont écroulés au sol en criant. Ju et Yas ont paré quelques seringues volantes du poing ou du pied, et neutralisé plusieurs gardiens. Mais l'un d'eux a pu toucher Yasmina avec sa seringue. Elle est tombée en grimaçant.

Pendant ce temps, les captifs poussaient les grilles. Forza, en voyant Yasmina tomber, a vu rouge. Il a crié « **ÉCARTEZ-VOUS !** » avec une telle force que même ***les Régulateurs*** se sont figés un instant. Puis il a attrapé une grille, l'a soulevée au-dessus de sa tête, et l'a balancée sur nos ennemis !

L'un d'eux s'est jeté sur le colosse avec sa seringue mais, à l'instant où il l'atteignait, Dan Looney a sorti de sa poche un minuscule objet et l'a appliqué contre l'assaillant ; on a entendu un petit grésillement et celui-ci est tombé raide, paralysé.

Looney m'a regardé, l'air très surpris.

– J'étais persuadé qu'il ne marchait pas, ce micro-neutralisateur électrique. Un peu capricieux, mais je devrais pouvoir en faire quelque chose, finalement.

Un **Régulateur** l'a saisi par le bras. N'ayant plus de boulette, je lui ai mis un bon coup de poing dans le ventre. Il s'est plié en deux, mais j'ai alors entendu une voix familière à mon oreille :

– Laissez, Monsieur Alexandre. Je m'en occupe.

Je ne voyais pas bien comment ce bon vieil E.J. allait neutraliser un **Régulateur** qui avait la moitié de son âge. Mais au moment où j'ouvrais la bouche pour le lui dire, il a saisi l'agent par la nuque et lui a mis… *un coup de boule ! ?*

E.J. m'a souri.

– Forza, E.J. ?

– Bien sûr, Monsieur.

Julie m'a alors tiré par le bras.

– Regarde : ceux qui restent n'ont plus de seringue et sont encerclés. On peut y aller. Vite, en haut.

Nous avons cherché Yasmina du regard. Mathieu était accroupi à côté d'elle et essayait de la soulager. Ils nous ont fait signe de foncer.

Nous avons traversé la salle à manger éclairée par la lune. J'ai appuyé le bouton de la cheminée. Personne dans le couloir. Alors que la cheminée se refermait derrière nous, je me suis dit que ça devenait un peu trop facile.

On a bondi dans la salle de commandement…

… pour trouver Rector, debout devant les écrans de contrôle. Il était tourné vers nous, nanti de sa panoplie vêture blanche/regard bleu/ sourire noir.

La porte a claqué derrière nous et, en nous retournant, nous avons découvert l'horrible Miss Cripply, une seringue géante à la main, accompagnée de deux **Régulateurs**. Julie a continué sa course vers Rector, tandis que je fonçais sur Cripply et les deux agents. Elle représentait le danger le plus immédiat, et je craignais qu'elle ne lance une fléchette maléfique dans le cou de Julie (ou le mien).

À un contre trois, je n'avais aucune chance… Les deux **Régulateurs**, au dernier moment, se sont placés devant la vieille; j'ai eu le réflexe de me jeter au sol pour passer sous les jambes du deuxième, avant de me jeter sur elle. Mais elle a fait un pas de côté, avec une agilité stupéfiante, et m'a jeté la seringue au passage. Celle-ci est venue se ficher dans mon cou à la seconde où les ***Régulateurs*** me chopaient chacun un bras.

GAME OVER.

Il ne restait plus qu'à appuyer pour enfoncer dans mon corps l'élixir de la *souffrance suprême*, comme aurait dit Rector. Mais ils m'ont d'abord obligé à me retourner vers Rector et Julie.

Celle-ci s'était immobilisée, l'ignoble bonhomme lui tenait le poignet. Maigre consolation : une spectaculaire bosse sur le front du Big Boss. On n'est pas le punching-ball de Julie sans conséquence... Il nous l'a jouée « même pas mal, les mioches », un peu essoufflé quand même :

– Bon. La violence physique... me répugne. Finissons-en. C'est votre dernière chance. Approchez-vous.

Les deux sbires m'ont forcé à avancer vers l'Horrible, Cripply trottinant à leurs côtés. Je pouvais presque sentir son haleine. Il m'a lancé un long regard, et j'ai eu le temps de penser que Vercingétorix avait sûrement eu droit au même de la part de Jules César à Alésia. Malheur aux vaincus, Alexandre le petit...

Sans se départir de son rictus démoniaque, il a repris la parole, lentement, en détachant chaque syllabe :

– Mademoiselle Lanène, vous pouvez éviter une souffrance inimaginable à votre binôme en signant le pacte qui se trouve juste derrière vous. Monsieur Blécarovich, vous êtes au bord du précipice, mais vous pouvez encore reculer. Je compte jusqu'à trois. À trois, ma fidèle Cripply injecte le contenu de la seringue dans votre minuscule organisme, Alexandre.

Il jouissait de notre humiliation. Le sadique parfait…

– Un… deux… tr…

Il a été interrompu par… comment dire ? Hé bien, un rugissement.

Oui, le cri de Julie à cette seconde ressemblait à ça. Rugissement très bref, d'ailleurs, puisque l'instant suivant elle mordait le bras de Rector-Vador, qui a répondu au rugissement par un cri de souffrance tout aussi intense.

Profitant de l'instant de stupeur générale, elle a bondi sur nous. Je ne comprendrai jamais comment elle a fait : dans un saut incroyable, elle a posé un pied sur mon front, a balancé son poing droit dans la figure de ***Régulateur 1*** et flanqué **EN MÊME TEMPS** un coup de boule à ***Régulateur 2***.

Elle a posé une main sur mon crâne pour reprendre son équilibre, puis j'ai senti son pied pivoter sur le haut de mon crâne, et j'ai à peine eu le temps de m'apercevoir qu'elle saisissait la seringue fichée dans mon cou de sa main droite.

Elle a alors murmuré: « *Tiens, un cadeau, de la part de mini-Julie* », a sauté de ma tête sur Rector, pour lui enfoncer la seringue dans le bras.

Cripply, qui était restée aussi pétrifiée que nous devant cette éruption volcanique, a crié…

– **Non, vous allez le tuer !**

… au moment où Julie appuyait sur le piston. Elle a interrompu son geste, mais une dose suffisante de liquide avait été injectée pour que Rector commence à se tordre de douleur, la bave aux lèvres.

N'écoutant que leur courage qui ne leur disait plus rien, les deux **Régulateurs** ont déclenché l'ouverture de la porte et fui par l'escalier dérobé. Cripply est tombée à genoux et s'est mise à pleurer.

J'ai saisi le bras droit de Rector et Julie son bras gauche pour l'obliger à se redresser. Elle ne lâchait pas la seringue de l'autre main. Mais comme ma Juju était quand même essoufflée, j'ai parlé pour elle :

– OK, Lady Souffrance, vous nous amenez Donald Jones dans les cinq minutes ou on injecte le reste à votre boss, pour voir ce qui se passera.

Elle s'est relevée et a bondi derrière les deux Régulés.

Il ne s'est pas écoulé plus de cinq minutes, mais c'était déjà beaucoup trop long : Julie avait mal, ses larmes coulaient en silence. Bad Jones tenait à peine debout.

Donald Jones est enfin entré. Il est allé droit à son frère et, avec un calme absolu, s'est planté devant lui. Il était suivi de Miss Cripply, escortée par Yasmina et Mathieu. Derrière eux, Monsieur Forza et E.J. tenaient en joue, avec deux fusils d'entraînement, une dizaine de **Régulateurs** penauds, têtes baissées.

– Julie, Alexandre, vous êtes décidément étonnants. Vous pouvez le lâcher. Gardez la seringue en main, Julie.

Rector est tombé à genoux, tremblant de tous ses membres et grimaçant de douleur. Il a cependant essayé de faire le fanfaron :

– Alors Donnie, qu'est-ce que tu vas faire ? Me dénoncer à la police ? Ça reviendrait à saborder ta petite entreprise. Tu imagines bien que, perdu pour perdu, je révélerai tout. Tu peux dire adieu au CIP !

– Faut-il le reste de la seringue pour te calmer, Rector ? Tes agents te voient déjà la bave aux lèvres. Dois-tu vraiment leur offrir un spectacle encore plus éprouvant ?

Pour la première fois, j'ai pu observer de la terreur sur le visage du **Régulateur en chef**. Cripply s'est mise à bafouiller :

– Non, non, c'est dangereux, pas ça, non.

L'Affreux s'est vite ressaisi.

– Tu ne ferais pas ça à ton propre frère.

– Non, c'est vrai. Mais un frère devenu une bête féroce doit être neutralisé. Monsieur Forza, emmenez-le aux oubliettes. Il va y réfléchir à ses fautes. Vous, les **Régulateurs**, vous partirez d'ici en jet. Edgar, vous allez les déposer sur les lieux de leur mission actuelle. Vous y achèverez l'année scolaire, les uns et les autres. Mais au moindre écart, on vous enferme ici. Et on vous surveillera bien, faites-moi confiance. C'est valable aussi pour vous, Madame Cripply.

ÉPILOGUE

Voilà, tu sais maintenant comment je suis devenu agent secret.

Labrosse, que je prenais pour un médiocre, m'impressionne : ses vrais-faux bulletins (remplis par des profs lors de nos stages de remise à niveau au QG) sont des bonbons pour parents, avec des appréciations d'élève modèle (quelle horreur). Du coup, les miens acceptent mon éloignement et le fait que je revienne uniquement aux vacances. Même Valentin m'accueille avec des gestes joyeux.

La semaine dernière, lors de notre dernier stage, nous avons constaté que les oubliettes étaient vides. Oups.

– Une évasion ? Mais non, Alexandre : je l'ai libéré, évidemment. Je n'allais pas garder mon propre frère aux oubliettes *ad vitam aeternam*. Son organisation est démantelée, ses agents sont sous surveillance. Quel danger pourrait-il représenter maintenant ?

Mmmmh… C'est tout le problème avec le patron : il n'est pas assez allé au cinéma. Sinon, il saurait que les méchants ne renoncent jamais.

Je le soupçonne même d'avoir été un bon élève. C'est dire ses limites !

Cela ne nous a pas inquiétés plus que ça. Nous avons affronté DARK RECTOR. Il ne nous fait plus peur.

Julie et moi n'avons pas savouré longtemps notre heure de gloire. On est vite retournés sur le terrain. Les premiers temps, on a effectué quelques missions pépères, sans difficulté majeure : une victime de racket, un autre de harcèlement, un prof accro à l'exclusion de cours…

Aujourd'hui, nous sommes arrivés dans un beau collège tout neuf dans le sud de la France (ne me demande pas où : mission secrète !). Un groupe d'élèves bien agités, un prof en costume gris du siècle dernier, toujours énervé, teigneux, la voix devenue rauque à force d'avaler de la poussière de craie (vu son âge, il a connu l'époque d'avant le tableau blanc).

Bref : la routine.

Mais au moment de me mettre en **PÉTRIFICTOR**, j'ai reçu une boulette humide dans le cou. En me retournant, j'ai repéré le lance-boulettes – et son propriétaire. Ce bon vieil Anthony, qui me souriait d'un air mauvais !

Julie avait tout vu ; elle m'a regardé en souriant, pouces levés.

ENFIN UN PEU D'ACTION EN PERSPECTIVE !!

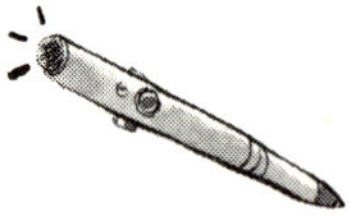

Directeur de publication : Frédéric Lavabre
Collection dirigée par Tibo Bérard
Assistante d'édition : Julia Robert-Thévenot
Maquette : Claudine Devey, Xavier Vaidis

Loi n° 49-956 du 16 juillet 1949
sur les publications destinées à la jeunesse.

Achevé d'imprimer en avril 2019
sur les presses de l'imprimerie Grafica Veneta S.p.A.
N° d'édition : 0043
Dépôt légal : 2e semestre 2019
ISBN : 978-2-37731-239-9

Imprimé en Italie